De la 6e
à la 5e
11-12 ans

Cahier de vacances

Français
Florence Randanne

Maths
Bruno Bénitah

Anglais
Louise Eisenstein

SVT
Catherine Mazaud-Aujard

Physique-Chimie et Technologie
Patrick Rasset

Histoire-Géographie-EMC
Nadine Daboval

Illustrations
Laurent Audouin

MAGNARD

Sommaire

Séquence 1

Français

- Compléments du verbe : COD, COI, COS
- Accord sujet-verbe
- Antonymes, homonymes, synonymes
- Passé simple, imparfait

Les sorcières

Zoé marchait dans la forêt profonde quand elle aperçut une cabane dans une clairière. Elle s'approcha prudemment et regarda par la fenêtre : horreur ! Elle vit une vieille femme monstrueuse qui s'affairait au-dessus d'un grand chaudron : celle-ci prit une louche et la plongea dans le liquide bouillonnant. Elle en sortit une tête de crapaud qui souriait et une aile de chauve-souris qui ondulait, et les déposa dans une poêle où rissolaient des foies et des cœurs. Ensuite, elle servit cette préparation à deux gros chats. Une fois leur repas terminé, ceux-ci se mirent à rapetisser et devinrent si petits qu'ils auraient pu passer à travers le chas d'une aiguille[1] !

1. Le chas d'une aiguille est le trou par lequel on passe le fil.

Rappel de cours

- Comment différencier un COI d'un COD ?
  - Le **complément d'objet direct** (COD) est introduit **directement** : il n'y a pas de préposition entre le COD et le verbe.
  - Le **complément d'objet indirect** (COI) est introduit **par une préposition.**
- Comment reconnaître un COS ?
  Le **complément d'objet second** (COS) complète un verbe qui a **déjà un premier complément d'objet** ; il est généralement introduit **par une préposition.**

As-tu bien lu le texte ?

1 Où la scène se passe-t-elle ? Nomme les deux personnages de l'histoire.

....

2 Quels sont les deux temps que tu as reconnus ? Explique leur valeur.

....

....

3 Indique la fonction de chaque groupe de mots souligné :

1. « Elle servit <u>cette préparation</u> <u>à deux gros chats</u>. »

....

2. « La sorcière s'aperçut <u>de la présence</u> <u>de la petite fille</u>. »

....

4 Souligne dans le texte :

1. deux antonymes (ici, ce sont des adjectifs) ;
2. deux couples d'homonymes (ici, ce sont des noms) ;
3. deux synonymes (ici, ce sont des verbes).

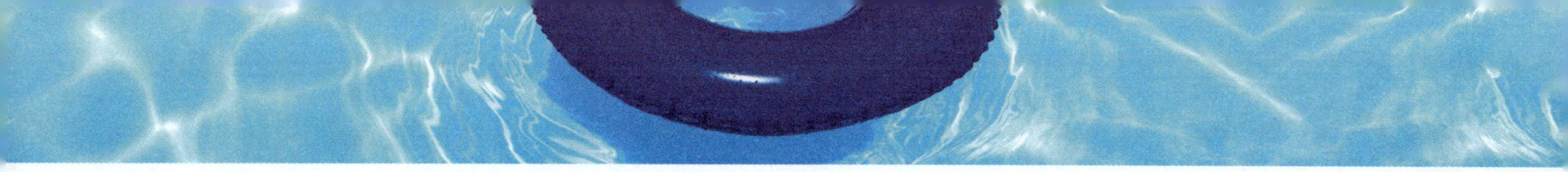

5 **Dans ces phrases, souligne en rouge les COD, en bleu les COI et en vert les COS.**
Attention, les trois compléments ne sont pas forcément réunis dans chacune des phrases !

1. Carabosse a acheté un balai neuf pour faire le tour du monde en quatre-vingts jours !
2. La princesse donne un baiser au crapaud.
3. L'ogre rêve souvent de chair fraîche...
4. Occupés à dévorer les confiseries et les gâteaux, Hansel et Gretel ne pensent pas à partir.
5. La Belle joue souvent aux dames avec la Bête.

Rappel de cours

- On emploie le **passé simple** pour les actions de premier plan, qui font progresser le récit. L'**imparfait** convient aux actions d'arrière-plan, aux descriptions, ainsi qu'aux répétitions.

6 **Reconstitue les phrases.**
Observe bien les accords des verbes avec les sujets.

1. Carabosse et ses amies •	• a. mangiez de bon appétit.
2. La fée au robinet •	• b. nous perdîmes dans la forêt.
3. L'ogre et toi •	• c. allèrent cueillir des champignons empoisonnés.
4. Les sept nains et moi •	• d. vainquais tous tes adversaires.
5. Tu •	• e. ne rencontra jamais de plombier !

7 **Relie chaque adjectif à son synonyme.**

1. Effrayante •	• a. Malveillante
2. Laide •	• b. Terrifiante
3. Méchante •	• c. Hideuse

8 **Jeu de mots**

Retrouve dans cette grille les huit verbes conjugués au passé simple.

E	S	P	E	R	A
T	R	U	I	X	I
O	U	B	L	I	A
N	G	L	U	S	E
N	U	I	T	A	U
A	S	A	G	I	S

Maths

- Nombres entiers et nombres décimaux
- Écriture des nombres
- La numération décimale de position
- La comparaison de nombres décimaux
- Relation d'ordre
- Arrondi à l'unité d'un nombre décimal

Les animaux marins

1 *L'Incroyable Histoire de Winter le Dauphin* nous raconte comment Winter, un bébé dauphin gravement blessé par l'hélice d'un bateau, est sauvé par le Clearwater Marine Aquarium, un petit delphinarium de bord de mer situé en Floride. Selon les spécialistes, le dauphin fait partie des animaux les plus intelligents de la planète.

Aide Winter à relier chaque nombre décimal avec sa partie entière.

18,35 •	• 12
0,3 •	• 45
45,73 •	• 0
12,121 •	• 18

2 Peux-tu aider Rufus le pélican, un ami de Winter, à relier chaque nombre décimal avec sa partie décimale ?

23,475 •	• 0,37
36,47 •	• 0,475
54,375 •	• 0,47
19,37 •	• 0,375

3 Peux-tu aider Lulu la tortue de mer à ranger ces nombres dans l'ordre croissant (du plus petit au plus grand), en utilisant le symbole < ?

25,375 25,3075 25,0375 25,3705

.... < ....

4 Comme Clay, sauras-tu ranger ces nombres dans l'ordre décroissant (du plus grand au plus petit), en utilisant le symbole > ?

127,473 127,4073 127,0473 127,4703

.... > ....

Rappel de cours

- Un **nombre décimal** est un nombre qui peut se mettre sous forme d'une fraction dont le dénominateur est une puissance de 10.

Ex. : le nombre 2 205,708 est un nombre **décimal**.

Partie entière — Chiffres de sa partie décimale

2 205 , 708

Sa **partie entière** est 2 205 et sa **partie décimale** est 0,708.
Tout nombre décimal est la **somme** de sa partie entière et de sa partie décimale.

5 **Peux-tu aider Winter, notre bébé dauphin, à déterminer l'arrondi à l'unité des nombres suivants ?**

Nombres décimaux	Arrondis à l'unité
24,510	
0,913	
157,499	

6 **Réponds par vrai ou faux.**

	Vrai	Faux
0 est un nombre entier.	☐	☐
12,4 est un nombre décimal.	☐	☐
Tous les nombres décimaux sont des nombres entiers.	☐	☐
Tous les nombres entiers sont des nombres décimaux.	☐	☐

Rappel de cours

- En général, les nombres, qui sont des déterminants numéraux cardinaux, sont **invariables**.
En revanche, **cent** et **vingt** peuvent prendre un « s » lorsqu'ils sont multipliés par un nombre entier et lorsqu'ils ne sont pas suivis par un autre déterminant numéral cardinal.
- On appelle **arrondi à l'unité** d'un nombre décimal le nombre entier le plus proche de ce nombre.

7 **Jeu de nombres**

Sauras-tu résoudre la charade suivante ?

Mon chiffre des unités est le plus grand de tous les chiffres.

Mon chiffre des dizaines est à une unité de celui de mes unités.

Mon chiffre des centaines correspond au nombre de jours contenus dans une semaine.

Mon chiffre des unités de mille est le nombre entier compris entre 0 et 2 !

Je suis la date de la Révolution française ! ....

8 **Un carré magique est un carré pour lequel chaque ligne et chaque colonne ont la même somme.**
Complète les deux carrés magiques suivants :

…	2	…
4	…	…
6	…	0

Somme 12

…	6	…
5	…	…
7	…	5

Somme 16

Anglais

- Le présent simple

Super heroes

Hello!
Here are three super heroes.

Super hero number one: **Adam Clark**
Adam Clark is thirteen.
He lives in New York.
He is very quick.
He always finds solutions when his friends are in trouble.
He's got a little sister called Vicky.

Super hero number two:
Mark Taylor
Mark Taylor is twelve.
He lives in London.
He can run terribly fast.
Vicky is his best friend.
His birthday is on July 12th.

Super hero number three:
Vicky Clark
Vicky Clark is Adam's sister.
She is eleven years old.
She is very clever with her hands.
If you break something, she can fix it in no time. Adam is her big brother.

Rappel de cours

- Au **présent simple**, on utilise la **base verbale du verbe** à toutes les personnes sauf à la troisième personne du singulier, à laquelle on ajoute un ***s***. Observe l'exemple suivant avec le verbe « courir » :

I run fast
You run fast
He runs fast / She runs fast / It runs fast
We run fast
You run fast
They run fast

Learn and play

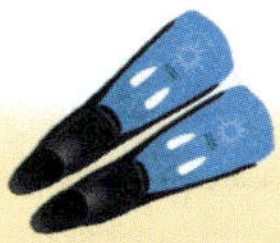

1 ***Right or wrong?* Coche la bonne réponse.**

	Right	Wrong
1. Vicky is Adam's big sister.	☐	☐
2. Mark is twelve years old.	☐	☐
3. Adam is ten years old.	☐	☐

2 **Être ou avoir ? Complète les phrases suivantes avec is ou has got.**

1. Mark .... blond hair.
2. Adam .... thirteen years old.
3. Adam .... a little sister.
4. Vicky .... very clever.

3 **Ajoute un s au verbe lorsque c'est nécessaire.**

1. My friends live... on Elm Avenue.
2. Carrie live... in Washington.
3. I live... in Seattle.
4. You live... in Chicago
5. Fred live... in London.

Physique-Chimie

- Les matières naturelles et artificielles
- Les mélanges de matières

Les différentes matières et leurs usages

1 Dans la liste ci-dessous, encadre les corps purs et souligne les mélanges.

lait – air – fer – aluminium – eau de mer – eau distillée

! Mettre le verre dans les conteneurs est un geste citoyen.

2 Cite une façon de séparer les constituants d'un mélange hétérogène.

3 Recherche la signification de ce pictogramme :

4 Classe les matières suivantes en deux catégories : les matières naturelles et les matières artificielles.

laine – nylon – polystyrène – eau – fer – cuivre – lin

Rappel de cours

- Les **matières** sont **naturelles** ou **artificielles.** Elles peuvent être **solides, liquides** ou sous forme de **gaz**. Les gaz sont souvent invisibles.
- Certaines matières sont **dangereuses.** Il faut les manipuler ou les utiliser avec précaution. Des pictogrammes indiquent la nature des risques pour les individus ou pour l'environnement.
- Les matières naturelles ne sont pas inépuisables. Il est indispensable de les **recycler.**

5 Expérience

Profite d'une promenade en campagne après la pluie pour rapporter un peu de boue dans un bocal en verre. Laisse reposer le bocal quelques heures, observe le contenu et réponds à ces questions.

1. Quelles sont les constituants de la boue ?

2. Quel est le constituant le plus lourd ?

3. Comment s'appelle la méthode de séparation que tu viens d'effectuer ?

Quiz-bilan Séquence 1

Français

1 Comment écrit-on le verbe « plonger » à la 3e personne du singulier de l'indicatif passé simple ?

a. ☐ plonga
b. ☐ plongea
c. ☐ plongeait

2 Quelle est la fonction du groupe nominal souligné : « Je ne me souviens plus de cet exercice ! »

a. ☐ COS
b. ☐ COI
c. ☐ COD

3 Qu'est-ce qu'un antonyme ?

a. ☐ un mot dont la prononciation est très proche
b. ☐ un mot de sens contraire
c. ☐ un mot de sens proche

Maths

4 Comment écris-tu, en toutes lettres, le nombre 80 ?

a. ☐ quatrevingt
b. ☐ quatre-vingt
c. ☐ quatre-vingts

5 Quelle est la partie décimale du nombre 146,698 ?

a. ☐ 146
b. ☐ 698
c. ☐ 0,698

6 Quel est l'arrondi au dixième du nombre 24,6781 ?

a. ☐ 24,67
b. ☐ 24,7
c. ☐ 24,678

Anglais

7 Quelle est la bonne réponse à la question *"How old are you?"* ?

a. ☐ I'm twelve years old.
b. ☐ I have twelve years old.
c. ☐ I twelve years old.

8 Une seule phrase est bien écrite. Laquelle ?

a. ☐ She live in Dublin.
b. ☐ He lives in Washington.
c. ☐ He live in London.

9 Quelle est la bonne réponse à la question *"What's John's sister's name?"* ?

a. ☐ His name is Jess.
b. ☐ Her name is Jess.
c. ☐ John's name is Jess.

Physique-Chimie

10 Pour obtenir de l'eau pure, il faut effectuer :

a. ☐ une filtration.
b. ☐ une décantation.
c. ☐ une distillation.

11 Les corps purs :

a. ☐ n'existent que sous forme solide ou liquide.
b. ☐ existent sous les trois formes : solide, liquide ou gazeuse.
c. ☐ sont issus uniquement de produits naturels.

12 Le coton est une matière :

a. ☐ naturelle.
b. ☐ artificielle.
c. ☐ synthétique.

Réponses
1. b – 2. b – 3. b – 4. c – 5. c – 6. b – 7. a – 8. b – 9. b – 10. c – 11. b – 12. a.

Résultat

.... /12

Il était une fois le Colisée

En 72, après la destruction et le pillage par les Romains du temple de Jérusalem, Vespasien lance la construction du Colisée et utilise, comme main-d'œuvre, les prisonniers juifs. Son fils Titus le terminera en 80.

Le symbole de Rome

De forme elliptique, le Colisée mesure 188 mètres sur 156. Sa hauteur s'élève à 50 mètres. Sa façade se compose de 3 rangées d'arcades ornées de colonnes doriques, ioniques et corinthiennes. Au rez-de-chaussée, les 80 arcades ou portes sont numérotées, à l'exception des 4 principales (aux 4 demi-diamètres), réservées à l'empereur, à la famille impériale et aux vestales. La loge de l'empereur est située sur le premier gradin, au sud. Chaque billet correspond à une place numérotée, qui est attribuée selon des distinctions sociales. Si les citoyens les plus fortunés s'assoient dans les trois premières rangées de gradins, les femmes, les esclaves et les étrangers prennent place dans les gradins les plus élevés. Le *velarium*, ou auvent, soutenu par 240 mâts et manœuvré par les marins de la flotte de Ravenne ou du cap Misène, protège les spectateurs de la pluie ou du soleil. Le Colisée est susceptible d'accueillir jusqu'à 50 000 spectateurs qui peuvent sortir en 5 minutes par les vomitoires ou les portes donnant sur les couloirs faisant le tour de l'édifice.

L'arène

Le plan de l'amphithéâtre reprend la forme de deux théâtres qui se rejoignent. Les gradins entourent la piste – ou arène – recouverte de sable prévu pour absorber le sang des fauves et des gladiateurs. L'appellation « arènes », donnée à l'amphithéâtre de Nîmes ou d'Arles, tire son origine du mot latin *arena*, signifiant « sable » en français.

L'espace des jeux du cirque

Le Colisée est, pour les Romains, l'équivalent du Stade de France. Ils sont friands des divers jeux du cirque, inventés à la fin de la République pour exciter leur esprit guerrier et les rendre maîtres du monde. Le gladiateur est un professionnel. Il est bien entraîné, mais il sait que le vaincu est tué par le vainqueur. Pour accroître l'horreur des combats, on recourt aux bêtes sauvages. Une fois la chasse aux animaux terminée, l'arène, grâce à une machinerie, devient un bassin pour les naumachies ou batailles navales au cours desquelles s'illustrent les marins actionnant le *velarium*.

Des jeux grandioses !

Pour l'inauguration du Colisée en 80, l'empereur Titus organise des jeux grandioses, étalés sur 100 jours (3 mois), durant lesquels 9 000 fauves et 2 000 gladiateurs trouveront la mort.

minitest

1. Quelle est la forme du Colisée ?
2. Combien de spectateurs le Colisée peut-il accueillir ?
3. Quel est l'empereur qui inaugure le Colisée ?

Réponses : 1. elliptique ; 2. 50 000 spectateurs ; 3. Titus.

Séquence 2

Français

- Sens propre, sens figuré
- Ou, où
- A, as, à
- Conditionnel

Étranges animaux

Quand la sorcière Nétordu arriva au marché, accompagnée de son chat noir, elle fut surprise de se retrouver seule : il n'y avait pas un chat ! Elle aperçut un passant au coin de la rue et alla l'interroger. Il ne put lui répondre immédiatement, car il avait un chat dans la gorge, que les habitants du village ne viendraient pas au marché ce jour-là ; ils avaient bien d'autres chats à fouetter ! Nétordu lui répliqua : « C'est bon, je donne ma langue au chat ! Où sont-ils tous passés ? » L'homme, gêné, lui répondit alors que le matin, quelqu'un avait annoncé de très bonne heure la venue d'une sorcière, et que tous les habitants s'étaient calfeutrés chez eux de peur qu'elle ne leur lance un mauvais sort…

Rappel de cours

- **Sens propre** : on emploie un mot dans son sens le plus simple, le plus concret.
Ex. : « J'ai cassé un vase ! »
Sens figuré : on emploie un mot de façon imagée.
Ex. : « Tu me casses les pieds ! »
- ***à*** est une préposition ;
a est la 3e personne singulier de l'indicatif présent du verbe « avoir ».
- ***ou*** est une conjonction de coordination ;
où est un pronom relatif ou un adverbe interrogatif.

1 Capture tous les « chats » de ce texte : souligne-les en vert si ce nom est employé au sens propre et en rouge s'il est employé au sens figuré.

2 Retrouve le sens figuré de chaque expression.

1. Avaler des couleuvres. •	• a. Se montrer insensible.
2. Avoir un cœur de pierre. •	• b. Ne plus s'occuper de quelque chose.
3. Avoir quelqu'un dans le nez. •	• c. Croire n'importe quoi.
4. Se laver les mains de quelque chose. •	• d. Détester.

3 Complète ces phrases avec a, as ou à.

a. .... Zanzibar, il y .... un pêcheur qui .... du mal .... nourrir ses huit enfants. b. Il n' .... pas la possibilité de pêcher en haute mer, car il .... le mal de mer ! c. Un jour où il se lamente au bord de la mer, une sirène apparaît et s'adresse .... lui : « .... présent, si tu veux des poissons, tu n' .... plus qu' .... adresser une prière .... mon père le roi des mers. » d. .... partir de ce moment, le pêcheur .... de quoi nourrir sa famille et peut même ouvrir une poissonnerie !

4 Complète ces phrases avec ou ou où.

a. Les sorcières n'aiment que deux choses : transformer les enfants en souris .... fabriquer des parfums dont l'odeur est insupportable pour les humains ! **b.** Elles se cachent dans les endroits .... passent beaucoup d'enfants, sorties d'école .... fêtes foraines, et se déguisent en marchandes de guimauve .... en pâtissières. **c.** Quand un enfant s'approche, elles prononcent une formule magique et, immédiatement, l'enfant ne sait plus qui il est ni .... il est.

5 Complète cette grille en conjuguant les verbes au conditionnel présent, à la personne indiquée. Tu verras apparaître le nom d'une redoutable sorcière.

1. finir, 1re pers. du sing.
2. courir, 2e pers. du sing.
3. avoir, 2e pers. du pl.
4. abriter, 1re pers. du sing.
5. jouer, 3e pers. du sing.
6. venir, 1re pers. du pl.
7. vouloir, 1re pers. du pl.
8. aller, 2e pers. du pl.

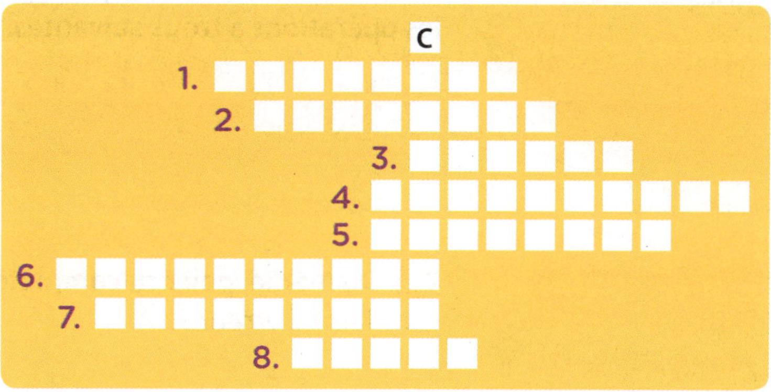

6 Conjugue les verbes entre parenthèses au conditionnel présent.

Si nous vivions dans un monde magique, les dragons (*exister*) .... ; il y (*avoir*) .... des chiens qui (*parler*) .... Et nous (*pouvoir*) .... discuter avec eux ! Les léopards (*faire*) .... détacher leur fourrure et (*limer*) .... leurs griffes. Les chats noirs (*porter*) .... bonheur !

Rappel de cours

- Pour former le **conditionnel** présent, on ajoute au radical de l'indicatif futur les terminaisons de l'imparfait.

7 Jeu de mots

Ce dessin illustre une expression figurée : laquelle ?

....

Que signifie-t-elle ? ....

....

Maths

- **Les opérations élémentaires : addition, soustraction et multiplication**
- **Le vocabulaire spécifique**
- **Les techniques opératoires**

Le cirque

1 Jacques Inaudi (1867-1950), moitié saltimbanque moitié mathématicien, est devenu célèbre dès son plus jeune âge grâce à ses performances hors du commun.
En effet, dès l'âge de 11 ans, il intègre un cirque ambulant et se fait remarquer par ses exceptionnelles capacités calculatoires. C'est ce que l'on appelle un « calculateur prodige » !
Aujourd'hui, ces calculateurs ne sont plus exhibés, ni dans les cirques ni dans les foires, mais il existe désormais des championnats du monde de calcul avec des épreuves très réglementées.
Sans être un calculateur prodige, tu pourras certainement compléter les opérations à trous suivantes.

1.
4…, 5 9
\+ 2 6, … 3
… 1, 8 …

2.
3 …, … 7
\+ … 7, 5 …
8 3, 6 2

3.
… 2, 2 …
\+ 2 3, … 1
7 …, 6 8

2 **De même, peux-tu compléter les opérations à trous suivantes sans faire d'erreur ?**

1.
5 …, 6 8
− 2 3, … 2
… 8, 4 …

2.
6 …, … 9
− … 6, 4 …
3 5, 3 2

3.
… 2, 4 8
− 7 …, … 3
1 7, 3 …

3 **Je sais que tu es très doué pour le calcul mental. Relie les sommes égales, sans te tromper bien sûr !**

26,358 + 12,59 •	• 38,938
24,536 + 14,402 •	• 38,928
17,23 + 21,698 •	• 38,918
7,038 + 31,88 •	• 38,948

4 **Un peu plus difficile cette fois, tu peux utiliser une feuille et poser les différentes opérations. Tu pourras alors relier très facilement les différences égales suivantes !**

36,267 − 12,59 •	• 23,667
57,023 − 33,356 •	• 23,657
43,01 − 19,353 •	• 23,677
35 − 11,523 •	• 23,477

Rappel de cours

- Les opérations élémentaires sont :
– l'**addition**, qui permet de calculer la **somme** de deux **termes** ;
– la **soustraction**, qui permet de calculer la **différence** de deux **termes** ;
– la **multiplication**, qui permet de calculer le **produit** de deux **facteurs**.

5 Théo se rend à la buvette du cirque, avec un billet de 20 €, pour y acheter quelques viennoiseries. Il commande 3 pains au chocolat pour 3,60 €, 4 croissants aux amandes pour 8,40 €, 3 pains au lait pour 7,50 €. Il lui manque 1,20 € pour acheter une petite brioche.
Quel est le prix d'une brioche ?

☐ 1,40 € ☐ 1,50 € ☐ 1,60 € ☐ 1,70 €

6 C'est en Angleterre, dès 1833, que furent domestiquées les premières puces savantes. Ces petits insectes furent montrés dans des cirques ambulants ou même dans des cirques de puces jusque dans les années 1930.
Aide notre puce savante à trouver les produits suivants :

	Produits
8 × 7	....
43 × 11	....
25 × 8	....

! N'oublie pas que 8 = 2 × 2 × 2, donc pour multiplier un nombre par 8, il te suffit de multiplier le nombre de départ par 2 × 2 × 2 !

7 Jeu de nombres

Dans un cirque, il y a également des acrobates, véritables gymnastes qui sont capables d'effectuer des figures incroyables, parmi lesquelles on retrouve souvent la « pyramide humaine ». Cette pyramide est une figure dangereuse dans laquelle les acrobates montent sur les épaules des uns des autres ; elle peut atteindre des hauteurs vertigineuses !
Complète les pyramides ci-dessous, sachant que chaque case est la somme des deux cases sur laquelle elle repose.

Pyramide 1 :

...
... | ...
26 | ... | 21
14 | ... | ... | 11

Pyramide 2 :

...
... | ...
23 | ... | 20
... | 16 | ... | 9

Quelle est la pyramide dont le sommet est supérieur à 95 ? ....

Anglais

- Les adverbes de fréquence

Celebrities

George Timothy Clooney was born on May 6th, 1961. He was an excellent pupil at school and an enthusiastic baseball and basketball player. Today he is a very famous actor.

When Clooney played Dr. Doug Ross in *E/R – Emergency Room* – he soon became a star. He played Batman, too. You can also admire him in *Ocean's Eleven*, *Ocean's Twelve* and *Ocean's Thirteen*. George Clooney also directed, produced and played in *Good Night and Good Luck*, which was a big success.

Rappel de cours

- Les **adverbes de fréquence** :

never = jamais
sometimes = parfois
often = souvent
everyday = tous les jours
usually = d'habitude
always = tout le temps, toujours

1 As-tu bien lu le texte ? Coche les bonnes réponses.

1. George Timothy
- ☐ Clown
- ☐ Clooney
- ☐ Ross

2. George was born on
- ☐ May 22nd
- ☐ June 6th
- ☐ May 6th

3. He played
- ☐ Batman
- ☐ Superman
- ☐ Candyman

4. You can see him in
- ☐ *Ocean's Ten*
- ☐ *Ocean's Casino*
- ☐ *Ocean's Eleven*

2 Trouve les quatre adverbes de fréquence qui se cachent dans cette grille.

H	F	U	F	O	R	G	E	T
A	L	G	N	F	L	A	X	A
S	O	M	E	T	I	M	E	S
J	P	I	V	E	A	E	W	T
O	Z	N	E	N	N	I	C	E
E	V	E	R	Y	D	A	Y	S

3 Learn and play

De quel jour s'agit-il ?

Today isn't Saturday. Yesterday wasn't Monday. Tomorrow isn't Saturday. Yesterday wasn't Wednesday. Tomorrow isn't Tuesday.
I'm at school today.

It's ....

Techno

Les objets techniques

- Conception et fabrication d'un objet technique

Rappel de cours

- Les **objets confectionnés** sont l'aboutissement d'une suite d'opérations successives plus ou moins complexes. De la **conception** à la **commercialisation** en passant par le **choix des matériaux**, de nombreuses étapes sont nécessaires et doivent être ordonnées.
- Parmi les éléments à envisager lors de la réalisation d'objets techniques, citons les **matériaux**, les possibilités de **recyclage**, la **solidité**, la **facilité de montage** ou d'usinage.
- Les différents intervenants s'appuient sur des **plannings** et des **dessins** à l'échelle pour conceptualiser les objets.
- Pour représenter précisément un objet technique, il faut respecter un certain nombre de **normes** et de **règles**.
- **Les vues** :

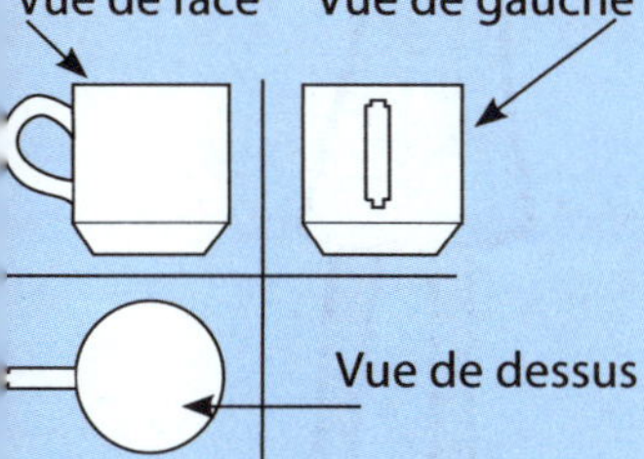

- Un trait épais indique une arête vue et un trait pointillé une arête cachée.

1 **Remets dans l'ordre les différentes étapes dans l'élaboration d'un objet technique.**

commercialisation – contrôle qualité – usinage – dessin – assemblage

....

2 **Recherche dans un cours ce qu'est un cartouche.**

....

3 **Sur le dessin ci-dessous, indique l'arête vue et l'arête cachée.**

1. Arête ....

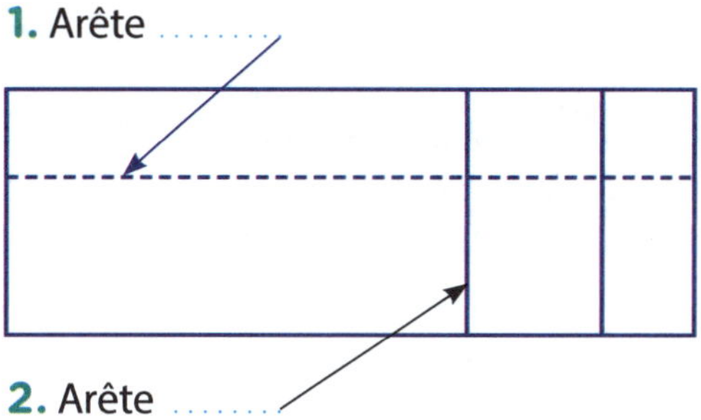

2. Arête ....

4 **Exo savant**

L'utilisation de matériaux nouveaux s'est beaucoup développée dans l'avionique. Le titane est de plus en plus utilisé.

1. Qu'est-ce que le titane ? ....

2. Pour quelles raisons de nombreux objets techniques dans l'aéronautique sont-ils réalisés en titane ?

....

Quiz-bilan
Séquence 2

Français

1 **Comment le verbe « partir » s'écrit-il à la 2e personne du singulier du conditionnel présent ?**

a. ☐ partiras
b. ☐ partirais
c. ☐ serais parti

2 **Quelle phrase est écrite correctement ?**

a. ☐ Il a beaucoup à faire.
b. ☐ Il a beaucoup a faire.
c. ☐ Il à beaucoup a faire.

3 **Quelle phrase est écrite correctement ?**

a. ☐ Tu vas ou tu veux : à la mer ou à la campagne.
b. ☐ Tu vas où tu veux : à la mer où à la campagne.
c. ☐ Tu vas où tu veux : à la mer ou à la campagne.

Maths

4 **Quel nombre faut-il ajouter à 24,72 pour obtenir 51 ?**

a. ☐ 26,28
b. ☐ 25,28
c. ☐ 27,28

5 **Nadia a un paquet de 109 bonbons qu'elle voudrait partager équitablement entre ses 12 copines. Combien chacune des filles aura-t-elle de bonbons ?**

a. ☐ 9
b. ☐ 6
c. ☐ 8

6 **Parmi les trois nombres ci-dessous, un seul est divisible par 2, 3 et 5. Lequel ?**

a. ☐ 100
b. ☐ 90
c. ☐ 80

Anglais

7 **Coche la phrase qui est correctement écrite.**

a. ☐ My friend live in a house.
b. ☐ My friend lives in a house.
c. ☐ My friend leave in a house.

8 **Que peut-on répondre à la question *"When is your birthday?"* ?**

a. ☐ In May.
b. ☐ In London.
c. ☐ In Paris.

9 **Comment traduit-on *toujours* en anglais ?**

a. ☐ never
b. ☐ always
c. ☐ sometimes

Techno

10 **Le métal le plus intéressant pour fabriquer des pièces d'avion est :**

a. ☐ l'acier.
b. ☐ le cuivre.
c. ☐ le titane.

11 **Sur un dessin technique, une arête cachée est représentée par :**

a. ☐ un trait plein.
b. ☐ un trait mixte.
c. ☐ un trait pointillé.

12 **Sur un dessin technique, la vue de gauche est représentée :**

a. ☐ à gauche de la vue de face.
b. ☐ à droite de la vue de face.
c. ☐ au-dessous de la vue de face.

Réponses
1. b – **2.** a – **3.** c – **4.** a – **5.** c – **6.** b – **7.** b – **8.** a – **9.** b – **10.** c – **11.** c – **12.** b.

Résultat

...... /12

Les chiffres : indiens ? romains ? arabes ?

Il y a environ 2 500 ans, pour écrire les nombres, les Romains utilisaient des signes qui rapidement se sont transformés en lettres : I ; V ; X ; L ; C ; D et M. Les chiffres romains furent abandonnés au profit des chiffres dits « arabes ». Ces chiffres ont été inventés par les Indiens, puis ont été transmis aux Arabes. Ils ont commencé à être utilisés en Occident à partir du xe siècle après J.-C.

Le temps qui passe

De nos jours, les chiffres romains sont encore couramment utilisés, notamment pour noter les siècles et les millénaires (xxie siècle, IIIe millénaire, etc.). On trouve également les chiffres romains sur certains cadrans d'horloges ou de montres. Sur les cadrans solaires, les chiffres romains indiquaient les heures, et c'est le déplacement de l'ombre de l'aiguille, au fur et à mesure de la course du soleil, qui désignait chaque heure du jour. La nuit, il fallait observer la lune !

La symbolique des chiffres

Les chiffres et les nombres ont toujours fasciné... et certains ont voulu leur donner une signification particulière. Ainsi, le chiffre 3 symbolise les trois étapes de la vie : la naissance, la vie puis la mort !
Le 3 représente également la fameuse Trinité : le Père, le Fils et le Saint-Esprit.
Un autre chiffre est encore plus emblématique : il s'agit du chiffre 7... qui apparaît dans de nombreuses religions. Par exemple, pour les chrétiens, il aura fallu 7 jours à Dieu pour créer le monde.
On aurait également pu citer les 7 péchés capitaux.
Pour les juifs, le judaïsme est symbolisé par un chandelier à 7 branches appelé la menora.
On pourrait poursuivre les exemples très longtemps... et cela prouverait une chose : les femmes et les hommes ont besoin de l'univers des nombres pour expliquer le monde et ce qui les entoure !

Conversion des chiffres

Tableau de correspondance entre chiffres romains et chiffres arabes :

Chiffre romain	I	V	X	L	C	D	M
Nombre arabe	1	5	10	50	100	500	1 000

minitest

1. Écris 2004 avec les chiffres romains.
2. Écris la date de la Révolution française en chiffres romains.
3. Que s'est-il passé en MCDXCII ?

Réponses : 1. MMIV ; 2. MDCCLXXXIX ; 3. Christophe Colomb a découvert l'Amérique en 1492.

Séquence 3

Français

- L'adjectif épithète
- Les mots d'origine grecque

Les aventures d'Ulysse

Lorsque les Sirènes nous aperçurent, elles tentèrent de nous charmer par leur voix mélodieuse. « Viens, ô Ulysse, chantaient-elles, arrête ton navire afin d'écouter notre voix. Aucun homme ne dépasse notre île sur sa nef noire sans écouter notre douce voix ; puis il s'éloigne plein de joie et de connaissances car nous savons tout ce qui arrive sur la terre nourricière. » Elles chantaient ainsi, faisant résonner leur belle voix et mon cœur battait dans ma poitrine car je voulais les entendre. Je fis signe à mes compagnons de me détacher, mais, selon les ordres de Circé, ils agitèrent plus ardemment leurs avirons.

L'Odyssée, Homère.

Rappel de cours

- L'**adjectif épithète** fait partie du **groupe nominal**. Il s'accorde en genre et en nombre avec le nom qu'il accompagne.
- Épithète à la fois d'un nom masculin et d'un nom féminin, l'adjectif **s'accorde** au masculin.

1 Indique la nature et la fonction des mots suivants, puis précise à chaque fois avec quel terme ils s'accordent dans le texte.

1. « mélodieuse » : ....

....

2. « noire » : ....

....

3. « douce » : ....

....

2 Accorde les adjectifs épithètes entre parenthèses.

1. La nymphe (amoureux) .... voulait garder le (vaillant) .... Ulysse sur son île (enchanté) .... **2.** Les Cyclopes, (inquiet) ...., accourent quand Polyphème les appelle. **3.** Les mélodies (harmonieux) .... des Sirènes (ensorceleur) .... ont envoûté Ulysse. **4.** Après le naufrage, on n'a retrouvé que des morceaux de mât et des planches (brisé) .... **5.** Chez les Lotophages, les hommes et les femmes (oublieux) .... du temps ont invité les compagnons d'Ulysse à la paresse.

3 Connais-tu ces expressions tirées de *L'Odyssée* ? Coche à chaque fois la bonne réponse.

1. « Tomber de Charybde en Scylla » signifie : **a.** ☐ Ne pas tenir debout.

b. ☐ Passer d'un danger à un autre.

2. « Céder au chant des Sirènes » signifie :
a. ☐ Partir en mer.
b. ☐ Écouter des propositions séduisantes, mais dangereuses.

3. « Un combat homérique » est :
a. ☐ Un combat sans merci contre un adversaire exceptionnel.
b. ☐ Un combat pour sauver la faune en Méditerranée.

4 Souligne les mots dans lesquels tu reconnais une racine de mot grecque.

1. La racine grecque qui signifie « temps » :

chronomètre – chronologie – hypnotiser – chronique – chrysalide – chrome

2. La racine grecque qui signifie « eau » :

hydrater – hydrophile – hygiène – hydrocution – hydromel – hyène

5 1. En utilisant la racine grecque *hippos*, qui veut dire « cheval », retrouve les mots qui signifient :

a. lieu où l'on fait courir les chevaux (nom commun) : ....

b. qui se rapporte aux chevaux (adjectif) : ....

2. Même exercice avec *rhino*, le nez :

a. animal qui a une corne sur le nez (nom commun) : ....

b. irritation des muqueuses du nez : ....

3. Même exercice avec *anthropos*, l'homme :

a. cannibale (nom commun) : ....

b. qui aime son prochain (adjectif) : ....

6 Jeu de mots

Connais-tu les personnages de *L'Odyssée* ? Complète cette grille.

1. Elle attend patiemment le retour de son époux Ulysse.
2. Fille du roi des Phéaciens, elle recueille Ulysse naufragé et le conduit à son père.
3. Cette magicienne change les compagnons d'Ulysse en pourceaux.
4. Cette nymphe tente de garder Ulysse auprès d'elle en l'étourdissant de plaisirs.
5. Fils de Poséidon, il n'a qu'un œil et aime la chair humaine !
6. Fils d'Ulysse.
7. Elles chantent pour que le navire d'Ulysse fasse naufrage.

1.	☐	☐	☐	☐	☐	☐	☐	☐	
2.	☐	☐	☐	☐	☐	☐	☐	☐	
3.	☐	☐	☐	☐	☐				
4.	☐	☐	☐	☐	☐	☐	☐		
5.	☐	☐	☐	☐	☐	☐	☐	☐	☐
6.	☐	☐	☐	☐	☐	☐	☐	☐	☐
7.	☐	☐	☐	☐	☐	☐	☐		

Maths

- La division euclidienne
- Le vocabulaire : dividende, diviseur, quotient, reste
- Les critères de divisibilité d'un nombre entier
- Le produit d'un nombre par 0,1 ; 0,01 ou 0,001
- Les carrés magiques

Les jeux

Les jeux ont toujours fasciné les êtres humains qui ont décelé en eux une manière de s'échapper du monde réel, de rêver et même d'entretenir l'espoir d'une vie « meilleure ». Heureusement, les mathématiques sont là pour mettre un peu de bon sens dans tout ça… sans pour autant vouloir systématiquement ôter l'aspect « magique » des jeux !

Rappel de cours

- Les **critères de divisibilité** d'un nombre entier, ci-dessous, sont à connaître par cœur !
- Un nombre est divisible par **2** si son chiffre des unités est 0, 2, 4, 6 ou 8.
On dira aussi, dans ce cas, qu'il s'agit d'un nombre pair.
- Un nombre est divisible par **3** si la somme des chiffres qui le composent est un multiple de 3.

1 Vrai ou faux ? Coche la bonne réponse.

	Vrai	Faux
1. 23 est un diviseur de 69.	☐	☐
2. 23 est un multiple de 69.	☐	☐
3. 69 est un diviseur de 23.	☐	☐
4. 69 est un multiple de 23.	☐	☐

2 Trouve les diviseurs de chaque nombre et coche les bonnes réponses.

1. 18 est divisible par	a. ☐ 2	b. ☐ 3	c. ☐ 4	d. ☐ 5	e. ☐ 9	f. ☐ 10
2. 40 est divisible par	a. ☐ 2	b. ☐ 3	c. ☐ 4	d. ☐ 5	e. ☐ 9	f. ☐ 10
3. 75 est divisible par	a. ☐ 2	b. ☐ 3	c. ☐ 4	d. ☐ 5	e. ☐ 9	f. ☐ 10
4. 1 080 est divisible par	a. ☐ 2	b. ☐ 3	c. ☐ 4	d. ☐ 5	e. ☐ 9	f. ☐ 10

3 **Le calcul mental sert souvent dans les jeux : dominos, dés, cartes, jeux de plateau…**

1. Trouve le double de chacun des nombres suivants.

18 → .... ; 27 → .... ; 34 → .... ; 45 → .... ; 50 → ....

2. Trouve le triple de chacun des nombres suivants.

7 → .... ; 21 → .... ; 27 → .... ; 33 → .... ; 41 → ....

3. Trouve la moitié de chacun des nombres suivants.

16 → .... ; 24 → .... ; 36 → .... ; 48 → .... ; 58 → ....

4. Trouve le tiers de chacun des nombres suivants.

18 → .... ; 27 → .... ; 33 → .... ; 45 → .... ; 60 → ....

4 **Jeu de nombres**

Complète chaque trou de cette multiplication par le chiffre qui convient. Ensuite, à l'aide du code, trouve le mot mystère !

		2	3	4
×			....	8
	1	....	7	2
1	....	3	8	....
....	8	2	....	....

Code :

0	1	2	3	4	5	6	7	8	9
P	I	N	E	R	O	M	H	A	T

Mot mystère :

C ....

5 **Relie chaque multiplication à son résultat.**

18 × 0,01 •	• 180
18 × 100 •	• 1,80
18 × 0,1 •	• 1 800
18 × 10 •	• 0,180

6 **Complète les deux carrés magiques suivants de sorte que les sommes sur chaque ligne, sur chaque colonne et sur les deux diagonales soient égales.**

8	.....	4
.....	5	.....
.....	.....	2

3	14	.....	.....
16	.....	11	.....
.....	4	18	7
10	15	.....	12

Anglais

• There is, there are

The London Eye

There are many places to visit in London but the London Eye is a must. The London Eye was built in 1999 for the new millennium. In Paris we've got the Eiffel Tower. In London they've got the London Eye. When you are aboard the London Eye, you can enjoy a beautiful view of the British capital city. The wheel makes a full rotation in 30 minutes. A capsule can hold 25 people. There are 32 capsules. You can buy your ticket online.

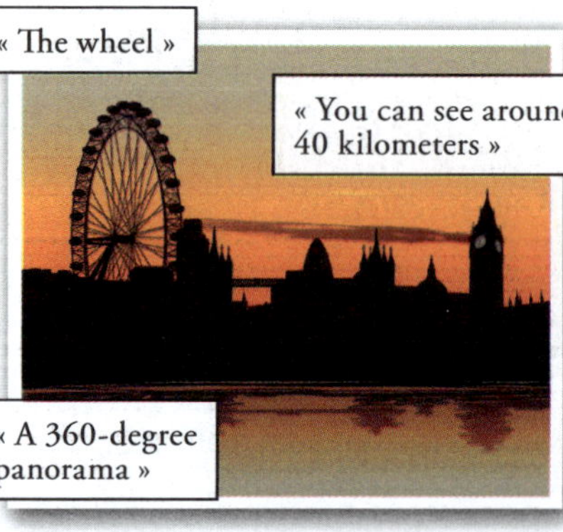

Rappel de cours

• Pour dire qu'une seule chose est présente quelque part, on utilise ***there is***.
Ex. : *There is a dog in the garden.* → Il y a un chien dans le jardin.

• Pour dire que plusieurs choses sont présentes quelque part, on utilise ***there are***.
Ex. : *There are 26 pupils in my class.* → Il y a 26 élèves dans ma classe.

1 As-tu bien lu le texte et regardé la photo ? Coche les bonnes réponses.

1. En quelle année fut construit le London Eye ? ☐ 1969 ☐ 2009 ☐ 1999
2. En combien de minutes la roue du London Eye effectue-t-elle un tour complet ? ☐ 30 ☐ 60 ☐ 90
3. Combien de personnes chaque cabine peut-elle transporter au maximum ? ☐ 52 ☐ 32 ☐ 25

2 Relie chaque phrase anglaise à celle qui lui correspond en français.

1. the new millennium •
2. a beautiful view •
3. buy your ticket online •
4. Come aboard the wheel! •

• a. une vue magnifique
• b. achète ton ticket sur Internet
• c. Monte dans la roue !
• d. le nouveau millénaire

3 Complète les phrases suivantes avec *there is* ou *there are*.

1. .... 3,5 million people visiting the London Eye every year.
2. In New York, ... the Statue of Liberty, in London .... the London Eye and in Paris .... the Eiffel Tower.
3. .... always so many tourists buying tickets for the London Eye.

SVT

- Le peuplement d'un milieu par les végétaux

La conquête d'un milieu par les plantes à fleur

Rappel de cours

- Les insectes (abeilles…) sont indispensables à la reproduction sexuée des plantes à fleur. Ils transportent **le pollen** d'une fleur qu'ils prélèvent sur ses **étamines** (organes mâles) et le déposent dans **le pistil** (organe femelle) d'une autre fleur, permettant ainsi **la fécondation** des **ovules**.
- Après la fécondation, le pistil se transforme en fruit et les ovules contenus dans le pistil deviennent des **graines**.
- C'est leur **légèreté** qui permet aux graines d'être dispersées, le plus souvent par le vent.
- Lorsque les conditions sont favorables (température douce et humidité), les graines **germent** et une nouvelle plante se forme.

1 Retrouver les parties d'une fleur.

Associe les mots suivants à un numéro afin d'identifier les différentes parties de la fleur.

La tige : ......

Le pétale : ......

Le pistil : ......

Le sépale : ......

L'étamine : ......

L'ovule : ......

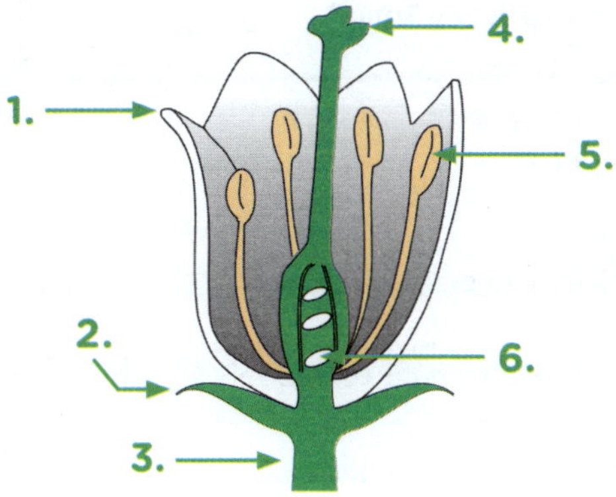

2 Chercher l'intrus.

Identifie les produits achetés sur le marché. Un seul n'est pas un fruit. Entoure-le.

1. ....

2. ....

3. ....

4. ....

5. ....

6. ....

3 Expérience

Faire germer des graines de poivron.

– Ouvre le poivron et récupère les graines.
– Dépose-les sur du terreau humide que tu auras mis dans un petit pot.
– Conserve le pot à une température comprise entre 20 et 25 °C. Veille à ce que le terreau soit toujours humide. Au bout de quelques jours, tu devrais voir les graines changer d'aspect et les futures plantes se développer.

Quiz-bilan
Séquence 3

Français

1 Quel est le nom de l'épopée qui raconte le retour d'Ulysse après la prise de Troie ?

a. ☐ *L'Iliade*
b. ☐ *L'Odyssée*
c. ☐ *L'Énéide*

2 Où l'adjectif épithète se cache-t-il ?

a. ☐ La peur a rendu ce cheval rapide.
b. ☐ Ce cheval est rapide !
c. ☐ Ce cheval rapide gagnera sûrement la course !

3 Que signifie la racine grecque *photo* employée dans « photographie » ?

a. ☐ gravure
b. ☐ lumière
c. ☐ chaleur

Maths

4 Quel est, parmi les nombres ci-dessous, le plus grand multiple de 17 ?

a. ☐ 82
b. ☐ 68
c. ☐ 103

5 Quelle est la valeur du reste de la division euclidienne de 3 587 par 29 ?

a. ☐ 19
b. ☐ 16
c. ☐ 20

6 Parmi les trois fractions suivantes, une seule n'est pas égale aux deux autres. Laquelle ?

a. ☐ $\frac{14}{20}$
b. ☐ $\frac{3}{4}$
c. ☐ $\frac{9}{12}$

Anglais

7 Coche la phrase correcte.

a. ☐ There are twelve suspects.
b. ☐ There is twelve suspects.
c. ☐ They is twelve suspects.

8 Comment traduit-on « Il y a quinze invités » ?

a. ☐ There are fifteen guests.
b. ☐ There is fifteen guests.
c. ☐ There was fifteen guests.

9 Quelle phrase anglaise signifie « Il y a une table dans le jardin » ?

a. ☐ There is a table in the garden.
b. ☐ There is a garden in the table.
c. ☐ There is a table on the garden.

SVT

10 Pour qu'une fleur donne un fruit, il faut que :

a. ☐ sa graine soit fécondée.
b. ☐ ses ovules soient fécondés.
c. ☐ du pollen soit déposé sur ses pétales.

11 Pour qu'une graine germe :

a. ☐ il lui faut de l'eau.
b. ☐ il lui faut de la lumière.
c. ☐ il faut qu'on lui parle.

12 Le pollen d'une fleur :

a. ☐ est produit par le pistil.
b. ☐ est produit par les étamines.
c. ☐ n'est pas nécessaire à la fécondation.

Réponses
1. b – **2.** c – **3.** b – **4.** b – **5.** c – **6.** a – **7.** a – **8.** a – **9.** a – **10.** b – **11.** a – **12.** b.

Résultat

...... /12

Les contes

Enfant, on écoute les adultes lire des contes, qui font peur ou qui font rêver. Mais les contes sont plus riches qu'il n'y paraît ; on peut en découvrir les secrets jusqu'à l'âge adulte !

Les caractéristiques du conte

En lisant des contes, tu as pu remarquer qu'ils racontent toujours les histoires dans le même ordre : une situation de départ est bouleversée par un événement imprévu qui provoque des rebondissements dans l'action. Le héros affronte alors une ou plusieurs épreuves (les péripéties), au terme desquelles une solution est trouvée. Ces épreuves font grandir le héros.

Ces récits se distinguent souvent par leur cruauté : des parents abandonnent leur enfant dans la forêt (*Le Petit Poucet*), une ogresse veut dévorer sa belle-fille et ses petits-enfants (*La Belle au bois dormant*)...

Les contes se caractérisent aussi par la présence du « merveilleux » : on assiste à des phénomènes surnaturels.

Jusqu'à aujourd'hui : variantes autour d'un conte

- **Perrault écrit en 1697 *Le Petit Chaperon rouge* : l'histoire se termine très mal.**
- **En 1812, les frères Grimm reprennent ce conte en proposant une fin heureuse, plus susceptible de plaire aux enfants.**
- **Au XXe siècle, d'autres versions sont écrites, toutes plus amusantes et fantaisistes les unes que les autres :**
  - **Roald Dahl, *Un conte peut en cacher un autre* ;**
  - **Zarko Petan, *Le Procès du Loup* ;**
  - **Nadja et Grégoire Solotoreff, *Le Petit Chaperon vert* ;**
  - **Dumas et Moissard, *Le Petit Chaperon bleu marine*.**

Une source d'inspiration sans cesse renouvelée

Au fil du temps, les auteurs se sont inspirés les uns des autres et ont parfois proposé diverses versions différentes de mêmes histoires... remontant à une époque très lointaine !
Ainsi, Apulée, un auteur latin, écrit au IIe siècle après Jésus-Christ ***Les Métamorphoses*** : certains épisodes de ce récit ont beaucoup de points communs avec les contes. Il y est question d'un jeune homme transformé en âne... Aurait-il inspiré ***Peau d'âne*** ?
Plus tard, au XVIIe siècle, le conte devient un genre à la mode. Perrault imagine de courtes histoires merveilleuses, qui se terminent par des « morales ». D'autres auteurs, comme Mme d'Aulnoy ou les frères Grimm, reprendront souvent les mêmes sujets.

minitest

Retrouve, dans ces contes, qui sauve l'héroïne :

1. *Barbe-Bleue*	**a** sa marraine la fée
2. *La Belle au bois dormant*	**b** un chasseur
3. *Cendrillon*	**c** ses frères
4. *Le Petit Chaperon rouge*	**d** le prince charmant

Réponses : 1. c ; **2.** d ; **3.** a ; **4.** b.

Séquence 4

Français

- L'adjectif épithète, l'attribut du sujet
- Le futur simple de l'indicatif
- Son, sont

Voyage au pays des mythes grecs

Quand Égée, le roi d'Athènes, doit envoyer une fois encore en Crète sept jeunes filles et sept jeunes garçons que le Minotaure dévorera, il est très triste. Il sait que, là-bas, le roi Minos les recevra et les enfermera dans un labyrinthe, où ils erreront jusqu'à ce qu'ils rencontrent le terrible Minotaure… Thésée dit à son père : « Ne t'en fais pas : je partirai avec eux et je tuerai le monstre. » Plus tard, lorsque le navire à la voile noire aborde en Crète, Thésée séduit Ariane, la fille de Minos. Elle l'entraîne à l'écart : « Voici une bobine de fil que tu dérouleras dès l'entrée du labyrinthe ; ainsi, tu retrouveras facilement la sortie en la rembobinant. »

Rappel de cours

- On forme le **futur simple** en ajoutant à l'infinitif les terminaisons : *ai* ; *as* ; *a* ; *ons* ; *ez* ; *ont*. Mais certains verbes utilisent un autre radical :
  - avoir → j'aurai ;
  - être → je serai ;
  - pouvoir → je pourrai ;
  - voir → je verrai.

1 Dans le texte, relève les verbes conjugués au futur de l'indicatif, puis précise ceux dont le radical est modifié.

....

....

....

....

2 Place chaque terminaison du futur à côté de la personne qui lui correspond.

ONS A EZ AS AI ONT

Singulier :
je → ....
tu → ....
elle/il → ....

Pluriel :
nous → ....
vous → ....
elles/ils → ....

3 Complète ces phrases en conjuguant les verbes entre parenthèses au futur de l'indicatif.

1. Jason (aller) .... chercher la Toison d'or en Colchide. 2. Médée le (recevoir) .... et l'(aider) ...., grâce à ses pouvoirs magiques, à conquérir cette toison. 3. Ensemble, ils (se jouer) .... des ruses du roi et (parvenir) .... à s'enfuir. 4. Mais l'avenir ne leur (sourire) .... pas ; en effet, leur aventure (finir) .... très mal : des innocents (mourir) ...., le malheur les (frapper) .... à tout jamais.

4 Dans chaque phrase, souligne l'attribut du sujet.

1. Médée, qui était experte en magie, aida Jason à s'emparer de la Toison d'or.
2. Écho est amoureuse de Narcisse ; dommage qu'il ne puisse pas la voir !
3. Le mont Olympe est reconnu comme le plus haut sommet de Grèce.
4. Le théâtre d'Épidaure est resté un site merveilleux.

5 Accorde les attributs du sujet.

1. Les Centaures sont (*un homme qui a un corps de cheval à partir de la taille*).

....

2. Les déesses passent pour (*coléreux*).

....

3. Quand ils prirent la mer, les Argonautes étaient (*plein d'espoir, mais effrayé*).

....

Rappel de cours

- L'**attribut du sujet** est construit avec un verbe d'état et ne peut être supprimé. Il apporte une information sur le sujet.
- Il peut être un adjectif, un participe passé, un nom (ou un GN), un pronom, un infinitif, ou encore une proposition subordonnée.

6 Complète ces phrases avec son ou sont.

1. Les dieux de l'Olympe .... immortels. 2. Chacun a .... caractère, mais le moins que l'on puisse dire, c'est qu'ils ne .... pas faciles à vivre ! 3. Aphrodite est volage et toujours préoccupée par .... apparence. 4. Les colères d'Arès .... connues à travers toute la Grèce ; il est toujours prêt à engager le combat ! 5. Quant à Zeus, il jette fréquemment .... dévolu sur une mortelle.

Rappel de cours

- « **sont** » est une forme conjuguée du verbe **être** ; il peut être remplacé par « **étaient** ».
- « **son** » est un **déterminant possessif** ; il peut être remplacé par « **ses** ».

7 Jeu de mots

Pour échapper à la mort, Œdipe dut résoudre l'énigme que lui posait le Sphinx.

Sauras-tu résoudre cette énigme ?

Quel est l'animal qui marche sur quatre pattes le matin, sur deux pattes à midi et sur trois pattes le soir ?

....

Maths

- **Fractions et écritures décimales**

Les arts

1 Pour reproduire des figures ou autres dessins, certains artistes utilisent la méthode des quadrillages. Cette méthode consiste à quadriller une image, puis à reproduire ce quadrillage à l'échelle désirée pour reproduire plus facilement le sujet choisi.
Dans l'exercice suivant, tu devras colorier chaque rectangle de façon à faire ressortir une fraction de l'ensemble !

Figure 1

Figure 2

Figure 3

1. Colorie en rouge $\frac{1}{4}$ de la figure 1.
2. Colorie en vert $\frac{2}{3}$ de la figure 2.
3. Colorie en bleu $\frac{5}{6}$ de la figure 3.

2 Relie chaque fraction avec son écriture décimale.

$\frac{3}{4}$ •	• 3,5
$\frac{6}{12}$ •	• 0,2
$\frac{7}{2}$ •	• 0,75
$\frac{1}{5}$ •	• 0,5

3 Jeu de nombres

Choisis un nombre entier inférieur à 20.
Multiplie ce nombre par 2.
Ajoute 4 à ce produit.
Multiplie la somme obtenue par $\frac{3}{2}$.
Enlève le triple du nombre de départ au produit précédent.

Essaie plusieurs nombres différents… qu'observes-tu ?

4 Michel-Ange était un artiste italien de la Renaissance. Il était peintre, sculpteur, urbaniste, etc. On lui doit, notamment, *La Pietà* de la Basilique Saint-Pierre de Rome.
Pour aider Michel-Ange dans ses calculs, entoure la fraction qui n'est pas égale à $\frac{2}{3}$.

$\frac{20}{30}$ $\frac{6}{9}$ $\frac{18}{27}$ $\frac{14}{22}$ $\frac{12}{18}$

Rappel de cours

- $\frac{a}{b}$ désigne le quotient de a par b avec $b \neq 0$.

Lorsque a et b désignent des nombres entiers, on dira que $\frac{a}{b}$ est une **fraction**.
Lorsque a et b désignent des nombres décimaux, on dira que $\frac{a}{b}$ est une **écriture fractionnaire**.
On peut **multiplier ou diviser** le numérateur et le dénominateur d'une fraction par un **même nombre** non nul sans changer son résultat.
Multiplier un nombre (non nul) c par la fraction $\frac{a}{b}$ (b est un nombre entier non nul) revient selon les cas à :
– multiplier c par la valeur exacte (lorsque c'est possible) du quotient de a par b ;
– multiplier c par a puis diviser ce produit par b ;
– diviser c par b puis multiplier ce quotient par a.

5 Relie chaque fraction avec la fraction simplifiée qui lui correspond.

$\frac{9}{12}$ •	• $\frac{1}{2}$
$\frac{9}{18}$ •	• $\frac{3}{4}$
$\frac{28}{35}$ •	• $\frac{2}{3}$
$\frac{10}{15}$ •	• $\frac{4}{5}$

! Si l'on divise le numérateur et le dénominateur d'une fraction par un même nombre non nul, on obtient une nouvelle fraction égale à la précédente. Pratiquement, utilise les critères de divisibilité pour simplifier une fraction !

6 Vrai ou faux ? Coche la bonne réponse.

	Vrai	Faux
1. $\frac{1}{2} \times 36 = 18$	☐	☐
2. $\frac{4}{5} \times 60 = 12$	☐	☐
3. $49 \times \frac{6}{7} = 42$	☐	☐
4. $24 \times \frac{4}{6} = 16$	☐	☐
5. $121 \times \frac{4}{11} = 44$	☐	☐
6. $225 \times \frac{3}{5} = 105$	☐	☐

7 Certes, les fractions servent beaucoup dans le domaine artistique, mais également dans la vie quotidienne.
Pour chacune des phrases ci-dessous, trouve la fraction qui lui est associée !

1. Ce matin, mon réveil n'a pas sonné. J'arriverai au collège avec un quart d'heure de retard ! ....

2. Pour mon anniversaire, papa avait préparé un délicieux gâteau au chocolat. Il l'a partagé en six parts égales et il m'en a donné une. J'ai donc mangé un sixième du gâteau. ....

3. J'ai bu la moitié de ma bouteille d'eau ! ....

4. Au supermarché, j'ai dépensé les trois quarts de mes économies. ....

5. Léon occupe un emploi à mi-temps. ....

• Le prétérit

Agatha Christie

Dame Agatha Christie (1890-1976) was an English writer. She was called the Queen of Crime. Her detectives are Hercule Poirot and Miss Marple. She wrote more than 60 stories!

Hercule Poirot is Agatha Christie's most famous detective. This little Belgian man is wearing a big moustache!

Writer: Agatha Christie
Genre: crime novel
Detective: Hercule Poirot
Published in: January 1934

Rappel de cours

• Le **prétérit simple** ou *past simple* sert à exprimer une action qui est **complètement terminée** et datée. Cette action ne se déroule donc plus au moment où l'on parle.

• Si le verbe est **régulier**, à la forme affirmative, on ajoute pour toutes les personnes *-ed* à la base verbale, et l'on utilise l'auxiliaire *did* et la base verbale pour les questions et les négations, quelle que soit la personne.

• Si le verbe est **irrégulier**, à la forme affirmative chaque verbe subit une transformation particulière que l'on garde pour toutes les personnes, et l'on utilise l'auxiliaire *did* et la base verbale pour les questions et les négations, quelle que soit la personne.

• *Have* devient à la forme affirmative *had* à toutes les personnes, et l'on utilise l'auxiliaire *did* et la base verbale *have* pour les questions et les négations quelle que soit la personne.

1 Retrouve dans les légendes ci-dessus les formes au prétérit des verbes suivants :

1. be → ....

2. write → ....

2 *Right or wrong?* Coche les bonnes réponses.

	Right	Wrong
1. Hercule Poirot is Agatha Christie's most famous French detective.	☐	☐
2. Miss Marple was called the Queen of Murder.	☐	☐
3. The detective in Agatha Christie's *Murder on the Orient Express* is Hercule Poirot.	☐	☐
4. The Orient Express started running in 1954.	☐	☐

3 Récris les phrases suivantes au passé en utilisant les formes de *to be* au prétérit.

1. Hercule Poirot is travelling on the Orient Express.

....

2. In the morning, the crime is discovered.

....

3. There are twelve suspects.

....

Physique-Chimie

Déplacement et propagation

- Le déplacement d'un mobile
- La vitesse
- La propagation du son et de la lumière

Rappel de cours

- Pour caractériser un **mouvement**, il faut définir une **référence**. Par rapport à cette référence, les mouvements peuvent être **rectilignes** ou **circulaires**. On peut quantifier un mouvement en calculant la **vitesse**. La vitesse s'exprime en mètre par seconde ou en kilomètre par heure.

- Pour une information, un signal lumineux ou sonore, on parle de **propagation**.

1 **Qui va le plus vite : un sprinter qui parcourt 100 m en 10 secondes ou un cycliste qui parcourt 3 km en 6 minutes ?**

! Il y a un décalage entre la vision d'un éclair et le bruit du tonnerre. Les vitesses de propagation du son et de la lumière sont très différentes.

....

2 **Peux-tu caractériser le mouvement de ce manège par rapport au sol ?**

....

....

....

3 **À ton avis, pour décoller, un avion de ligne doit atteindre une vitesse de :**

1. ☐ 150 km/h ?
2. ☐ 250 km/h ?
3. ☐ 500 km/h ?

4 Expérience

Sur les côtés d'une autoroute, il y a un panneau tous les kilomètres. Si tu mesures le temps qu'il faut pour parcourir un kilomètre, tu pourras connaître la vitesse exacte de la voiture dans laquelle tu es. Tu pourras aussi remarquer que le compteur de la voiture ne donne pas tout à fait la même valeur.

À quelle vitesse (en km /h) roule une voiture qui met 36 secondes pour parcourir un kilomètre ?

....

Quiz-bilan
Séquence 4

Français

1 **Quel était l'animal emblématique de la déesse Athéna ?**

a. ☐ la biche
b. ☐ la chouette
c. ☐ le serpent

2 **Je suis un vaillant guerrier grec, mais j'ai un point faible : le talon ! Qui suis-je ?**

a. ☐ Ulysse
b. ☐ Jason
c. ☐ Achille

3 **Quelle phrase est écrite correctement ?**

a. ☐ Ils se sont réfugiés dans son château.
b. ☐ Ils se sont réfugiés dans sont château.
c. ☐ Ils se son réfugiés dans son château.

4 **« Je pourrai » est un :**

a. ☐ conditionnel présent.
b. ☐ imparfait de l'indicatif.
c. ☐ futur de l'indicatif.

Maths

5 **Rémi possède une collection de 2 000 timbres. Il en perd les $\frac{2}{5}$. Combien lui en reste-t-il ?**

a. ☐ 800
b. ☐ 1 200
c. ☐ 1 000

6 **Si 4 croissants valent 3,80 euros, combien valent 7 croissants ?**

a. ☐ 6,55 euros
b. ☐ 6,60 euros
c. ☐ 6,65 euros

7 **Si (d1) // (d2) et (d2) // (d4) alors :**

a. ☐ (d1) // (d4)
b. ☐ (d1) ⊥ (d4)
c. ☐ (d1) = (d2)

Anglais

8 **Coche la phrase qui est vraie (*to solve* = résoudre).**

a. ☐ Hercule Poirot can't solve mysteries.
b. ☐ Hercule Poirot can solve mysteries.
c. ☐ Hercule Poirot has never solved mysteries.

9 **Coche la seule phrase qui est bien écrite au prétérit.**

a. ☐ Dame Agatha Christie was an English crime writer.
b. ☐ Dame Agatha Christie was being an English crime writer.
c. ☐ Dame Agatha Christie has been an English crime writer.

10 **Coche la seule question correcte.**

a. ☐ What did he on the train?
b. ☐ What did he do on the train?
c. ☐ What did he does on the train?

Physique-Chimie

11 **La vitesse d'un véhicule s'exprime en :**

a. ☐ kilomètre par heure.
b. ☐ wattheure.
c. ☐ kilogramme par mètre carré.

12 **La vitesse de propagation de la lumière est :**

a. ☐ la même que celle du son.
b. ☐ plus petite que celle du son.
c. ☐ beaucoup plus élevée que celle du son.

13 **Pour transmettre une information, on utilise :**

a. ☐ exclusivement un signal lumineux.
b. ☐ exclusivement un signal sonore.
c. ☐ l'un ou l'autre, voire les deux à la fois.

Réponses
1. b – 2. c – 3. a – 4. c – 5. b – 6. c – 7. a – 8. b – 9. a – 10. b – 11. a – 12. c – 13. c.

Résultat

...... /13

What is Bollywood?

Bollywood is a nickname: the B comes from Bombay (now called Mumbai), a very big city in India and the rest of the word from… Hollywood, of course! Bollywood produces about 800 films a year.

What are Bollywood films about?

The basic storyline is often about a rich boy and a poor girl falling in love and the obstacles to their love. Manmohan Desai, a famous film director who is considered by many to be the father of most contemporary Bollywood films, said: "I want people to forget about their misery. I want to take them into a dream world where there is no poverty, where there are no beggars and where fate is kind."

Bollywood films are entertaining!

Originally Bollywood dance drew inspiration from classical Indian dance forms and used hand gestures, footwork and turning steps from these dance styles. Bollywood is now drawing inspiration from more modern styles such as Hip Hop and Jazz.
In Bollywood films, musical numbers are always unrealistic scenes. In every film there is action, drama, emotion, romance and comedy.
Bollywood films are usually longer (three hours) than Hollywood films and come with an intermission.

Does anyone outside India watch Bollywood movies?

Yes, absolutely! Bollywood has fans all over the world. It's big in other parts of South Asia, of course and… in the United Kingdom! Bollywood has produced many films about teenage friendships and college romances. A lot of UK teenagers are fans! A great number of UK citizens have Indian origins and enjoy Bollywood films but it's not just Indian families watching them – they're being shown in big cinemas all over the UK.

Help!

nickname: surnom, appellation
misery: misère
poverty: pauvreté
a beggar: un mendiant
fate: le destin
kind: bon (ou genre)
entertaining: divertissant
to draw inspiration from: s'inspirer de
an intermission: un entracte

minitest

1. Bollywood est un nom inventé à partir de :
a Hollywood et Bemetara
b Hollywood et Bangalore
c Hollywood et Bombay

2. Les films produits à Bollywood sont :
a des films d'auteur b des divertissements
c des films à controverse

3. Que signifie le mot anglais *fate* ?
a destin b fait c fête

Réponses : 1. c ; 2. b ; 3. a

Séquence 5

Français

- Les accords des participes passés
- La formation des mots

Voyage en Afrique, au pays des pharaons

Au fond du couloir, une porte de pierre, scellée comme l'autre d'un sceau[1] d'argile, et surmontée du globe aux ailes éployées[2], témoignait que la sépulture n'avait pas été violée, et indiquait l'existence d'un nouveau corridor plongeant plus avant dans le ventre de la montagne. […]

Un escalier taillé dans le roc vif se présenta avec sa descente rapide. Sur un fond vert terminé par une ligne bleue se déroulaient, de chaque côté du couloir, des processions de figurines emblématiques aux couleurs aussi fraîches, aussi vives que si le pinceau de l'artiste les eût appliquées la veille ; elles apparaissaient un moment à la lueur des torches, puis s'évanouissaient dans l'ombre comme les fantômes d'un rêve.

Le Roman de la momie, Théophile Gautier, 1858.

1. Morceau de cire (ou ici, d'argile) que l'on applique sur une porte ou sur une enveloppe, et que l'on détruit lors de l'ouverture. Le sceau intact indique ici que la porte n'a pas été ouverte.
2. Déployées.

Rappel de cours

- Employé avec l'auxiliaire *être*, le **participe passé** s'accorde en genre et en nombre avec le sujet.
- Si tu hésites à accorder un participe passé, remplace-le par le participe passé d'un verbe du 3e groupe, pour entendre si l'accord se fait (ex. : pris/prise).

1 As-tu bien lu le texte ?

1. Quel est le point commun entre « sceau » et « scellée » ?

....

2. Quel radical retrouves-tu dans le participe passé « surmontée » ? Donne un mot de la même famille.

....

3. Comment le mot « bandelette » est-il formé ?

....

4. Avec quoi le participe passé « appliquées » s'accorde-t-il ? Pourquoi ?

....

2 Accorde les participes passés avec leur sujet.

Le jeune explorateur a été émerveill...... en arrivant dans la vallée qui était encaiss...... . Quelques dunes s'étaient form...... sous l'effet du vent et dessinaient un parcours qui était jalonn...... de cinq pyramides ; elles avaient été édifi...... il y a plusieurs milliers d'années ; mais étaient rest...... ignor...... du public, car personne n'était jamais all...... dans cet endroit depuis bien longtemps. Les dignitaires égyptiens, qui avaient été enterr...... là, étaient rest...... bien tranquilles à l'ombre des vieilles pierres !

3 Écris les participes passés des verbes entre parenthèses.

1. Les explorateurs sont (entrer) .... dans le tombeau du pharaon. 2. Ils se sont (dépêcher) .... de le visiter avant que le soleil ne soit (coucher) .... 3. Ils se sont (émerveiller) .... devant les représentations du dieu Anubis et les hiéroglyphes qui étaient (graver) .... sur les murs. 4. Autour du sarcophage, on avait (disposer) .... des statuettes représentant des serviteurs et des animaux familiers. 5. Il y avait aussi des meubles et de la vaisselle d'or qui étaient (rester) .... intacts.

4 Ajoute un suffixe à ces adjectifs pour retrouver le nom correspondant.

1. grand →	petit →	tranquille →	méchant → ....
2. rude →	amer →	raide →	étrange → ....
3. gentil →	difficile →	complice →	aigre → ....

5 Relie les préfixes aux verbes pour obtenir d'autres verbes.

Exemple : venir → revenir

Re- •	• -charger
Con- •	
Sur- •	• -venir
Pro- •	
Pré- •	• -dire
Mé- •	
Dé- •	• -faire

Rappel de cours

- Un **mot** est formé d'un **radical**, auquel peuvent s'ajouter un **préfixe** (placé devant) et/ou un **suffixe** (placé derrière).
- Le préfixe modifie le sens. Le suffixe permet de former des mots de nature grammaticale différente.

6 Jeu de mots

Quels mots se cachent derrière ces dessins ?
Utilise chacun d'entre eux pour former trois autres mots de la même famille, en ajoutant des suffixes et/ou des préfixes.

une _ _ _ _ _

....
....
....

la _ _ _

....
....
....

un _ _ _ _ _

....
....
....

Maths

- Proportionnalité
- Pourcentages

La plage

Rappel de cours

- On dit que deux grandeurs sont **proportionnelles** lorsque les valeurs de l'une (des grandeurs) s'obtiennent en multipliant les valeurs de l'autre (des grandeurs) par un même nombre non nul.

- Un **tableau** est dit de **proportionnalité** si les grandeurs représentées dans le tableau sont proportionnelles. Pratiquement, cela signifie qu'il existe un coefficient multiplicatif (non nul) qui permet de passer des valeurs de la première ligne à celles de la seconde. Ce nombre s'appelle le **coefficient de proportionnalité**.

- Dans un tableau de proportionnalité, une colonne peut être :
  – la somme ou la différence de plusieurs colonnes ;
  – le produit d'une colonne par un nombre non nul.

- **Calculer *a* % d'un nombre,** c'est multiplier ce nombre par $\frac{a}{100}$.
On dit que *a* % est le **taux de pourcentage.**
Les longueurs représentées sur une carte ou sur un plan sont proportionnelles aux distances réelles. **L'échelle** de la carte ou du plan est le coefficient de proportionnalité.

1 **Observe chaque tableau et coche la bonne réponse.**

1.

12	20	32
3	5	8

a. ☐ Tableau de proportionnalité
b. ☐ Tableau non proportionnel

2.

7	10	15
10,5	15	22,5

a. ☐ Tableau de proportionnalité
b. ☐ Tableau non proportionnel

3.

5	10	23
17,5	35	80

a. ☐ Tableau de proportionnalité
b. ☐ Tableau non proportionnel

2 **Observe les cases colorées, puis complète le tableau de proportionnalité.**

3	5	**8**	......	17	......	......
......	......	**20**	30	......	50	62,5

3 Juliette et Rémi veulent se rendre à pied à la plage, mais ils ne savent pas quelle est la plage la plus proche des chez eux.
Ils consultent donc une carte pour pouvoir mesurer les distances.
L'échelle de la carte est : 1/20 000.
Cela signifie que 1 cm sur la carte équivaut à 20 000 cm dans la réalité, c'est-à-dire 200 m.

1. Complète le tableau commencé par Juliette et Rémi.

	Plage des Lilas	Plage des Bleuets	Plage des Coquelicots	Plage des Narcisses
Distance carte	7,5 cm	4,8 cm	6,9 cm	8,7 cm
Distance réelle	....	....	....	....

2. Quelle est la plage la plus proche de chez Juliette et Rémi ?

....

4 Rémi et Juliette sont allés se promener sur la plage. Ils ont ramassé 60 coquillages, qui se répartissent de la façon suivante : 20 % sont des chapeaux chinois, 10 % sont des couteaux, 30 % sont des coques. Le reste est constitué de coquilles d'huîtres !

Complète le tableau suivant pour savoir le nombre exact de coquillages de chaque espèce.

	Chapeaux chinois	Couteaux	Coques	Coquilles d'huîtres	Total
Pourcentage	20 %	10 %	30 %	....	100 %
Nombre	....	....	....	....	60

5 Rémi et Juliette voient passer sur la plage M. Churros, qui vend des petits beignets. En lisant les prix sur le panier de M. Churros, Rémi s'aperçoit que le prix des beignets n'est pas proportionnel au nombre de beignets achetés.

Observe les prix et coche la formule la plus avantageuse.

1. ☐ 3 euros les 5 beignets
2. ☐ 4 euros les 7 beignets
3. ☐ 5 euros les 10 beignets

6 **Reproduis, en rouge, le bateau de Rémi sur le quadrillage vierge, en divisant toutes les dimensions par deux.**

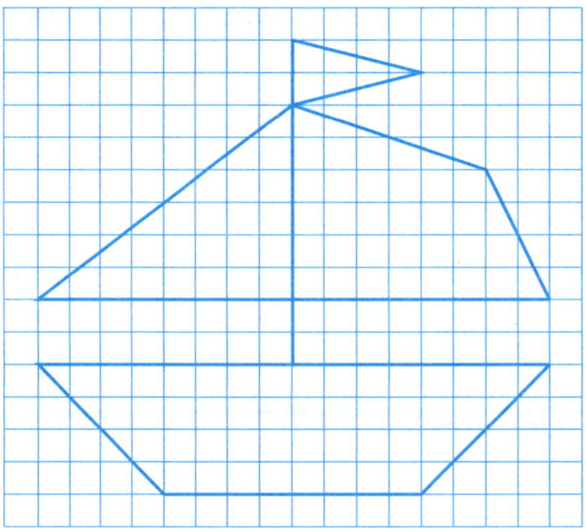

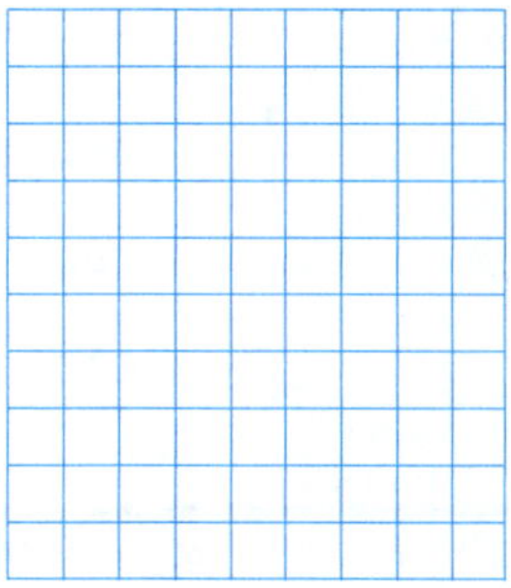

7 **Jeu de nombres**

Choisis deux nombres A et B. Augmente A de 25 % et diminue B de 20 %.
Tu obtiens alors deux nouveaux nombres : C et D.
D'après toi, quel est le produit le plus grand : A × B ou C × D ? ....

Anglais

- L'adjectif possessif
- Le prétérit

The comics

Marvel Comics released *Moon Girl and Devil Dinosaur* in October 2015. Natasha Bustos, the artist behind *Moon Girl*, declared: "It was great to be part of a creation that was so important for so many people. I'm half Afro-American and half Chilean and I couldn't really find any character I could identify with. Lunella Lafayette, *aka* Moon Girl, is a sort of female Inspector Gadget… only this time she knows what she's doing! She's a little genius. Her intellect causes her feelings of isolation from the other people around her."

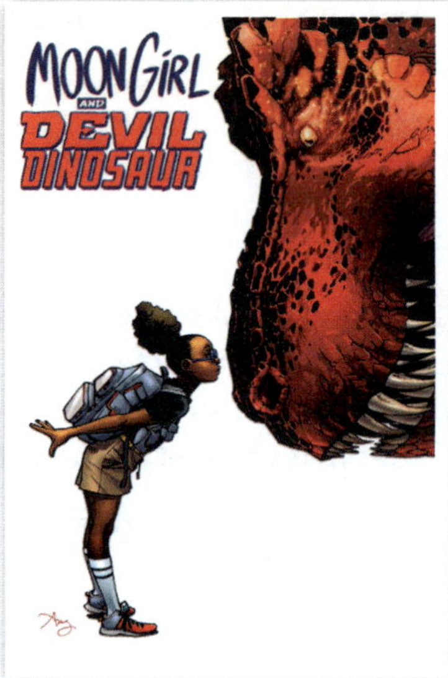

Rappel de cours

- **Les verbes irréguliers au prétérit**
Contrairement aux verbes **réguliers** auxquels on ajoute *-ed* à la base verbale, les verbes **irréguliers** s'apprennent par cœur ! Le mieux est de les retenir au fur et à mesure qu'on les rencontre. En voici quelques-uns :
Verbes : *do → did ; find → found.*
Auxiliaires : *can → could ; can't → couldn't ; I am → I was ; it is → it was ; do → did.*

- **L'adjectif possessif**
– En français, l'adjectif possessif dépend de ce que l'on possède.
– En anglais, l'adjectif possessif dépend du « propriétaire ».
Ex. : Mon frère aime les BD. **Sa** BD préférée est *Black Sad*.
→ My brother *loves comics.* ***His** favourite comic book is* Black Sad.

1 Retrouve les verbes et les auxiliaires au prétérit simple dans le texte que tu viens de lire et inscris-les à côté de leur base verbale.

1. release : ……………………………………
2. is : ……………………………………
3. declare : ……………………………………
4. can : ……………………………………
5. can't : ……………………………………

2 Relie les adjectifs contraires.

intelligent •	• horrible
female •	• silly
little •	• big
great •	• male

3 Il y a deux erreurs dans le texte suivant. Souligne-les, puis corrige-les.

Lunella Lafayette's friend is a red Tyrannosaurus Rex. Her name is Devil Dinosaur. Their adventures take place in New York City. She goes to school. His school is in Manhattan. Her nickname is Moon Girl.

1. Erreur : …………………… correction : ……………………
2. Erreur : …………………… correction : ……………………

SVT

• La production de matière par les êtres vivants

Les besoins nutritifs des animaux

Rappel de cours

• Les animaux ont besoin de se nourrir pour grandir et grossir. Ils produisent ainsi de la matière vivante appelée **matière organique**.

• Le **régime alimentaire** caractérise l'ensemble des aliments consommés par un animal.

• Les régimes peuvent varier selon les animaux, cependant, ils se nourrissent toujours de matières provenant d'autres êtres vivants (animaux ou végétaux) qu'ils prélèvent dans leur **milieu de vie**.

• Une **chaîne alimentaire** présente les relations alimentaires entre les êtres vivants. Elle débute toujours par un végétal.

! Dans une chaîne alimentaire, A → B se lit « A est mangé par B ».

1 Associe chaque animal à son régime alimentaire.

chevreuil •	• zoophage : se nourrit d'animaux
cochon •	• phytophage : se nourrit de végétaux
loup •	• omnivore : se nourrit d'animaux et de végétaux
brochet •	• piscivore : se nourrit de poissons

2 Qui est l'intrus ?

1. lapin – chien – écureuil – vache
2. carnivore – omnivore – flore – piscivore
3. matière organique – faune – matière minérale – flore

3 Trouve des chaînes alimentaires en utilisant les informations du dessin.

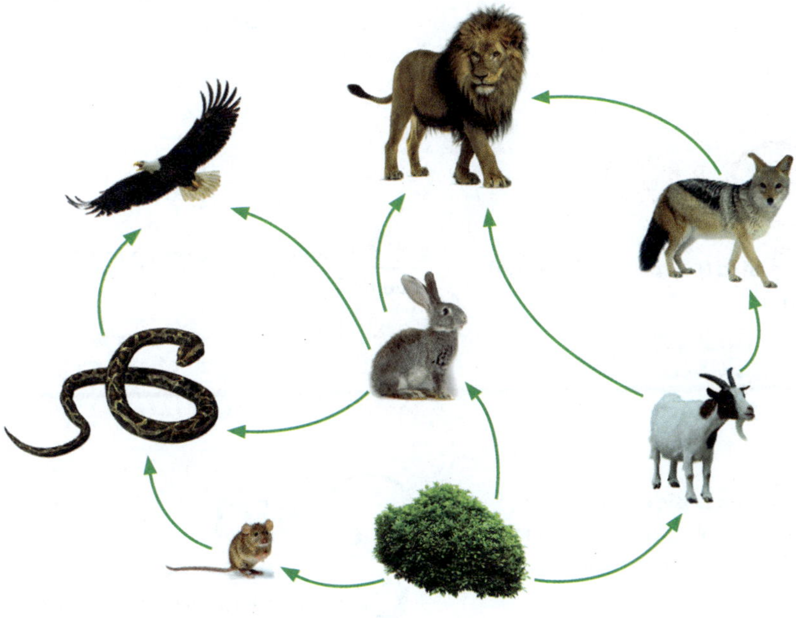

....

....

....

....

Quiz-bilan
Séquence 5

Français

1 Accorde ce participe passé : « Vos cousines ont mang… toutes les cerises ! »

a. ☐ mangé
b. ☐ mangées
c. ☐ mangés

2 Comment écris-tu « Nos amies sont part… hier » ?

a. ☐ parti
b. ☐ partis
c. ☐ parties

3 Quel préfixe repères-tu dans le verbe « repartir » ?

a. ☐ re
b. ☐ part
c. ☐ ir

Maths

4 Si (d1) ⊥ (d4) et (d2) ⊥ (d4), alors :

a. ☐ (d1) ⊥ (d2)
b. ☐ (d1) = (d4)
c. ☐ (d1) // (d2)

5 On considère un cercle de centre A et de rayon 6 cm. Si M appartient à ce cercle, alors :

a. ☐ AM = 6 cm
b. ☐ AM = 3 cm
c. ☐ AM = 12 cm

6 Si ABCD est un carré, alors on peut dire que [AC] et [BD] sont :

a. ☐ parallèles
b. ☐ perpendiculaires
c. ☐ confondus

Anglais

7 Laquelle de ces phrases exprime une action passée ?

a. ☐ She finds the solution.
b. ☐ She found the solution.
c. ☐ She will find the solution.

8 Complète la phrase suivante en choisissant le bon adjectif possessif : *"Lunella Lafayette takes ……… lunchbox with her to school."*

a. ☐ her
b. ☐ his
c. ☐ your

9 Quelle est la forme passée de *do* ?

a. ☐ doed
b. ☐ did
c. ☐ deed

SVT

10 Lors de leur croissance, tous les êtres vivants :

a. ☐ produisent seulement de la matière minérale.
b. ☐ produisent de la matière organique.
c. ☐ utilisent de la matière organique.

11 Toutes les chaînes alimentaires :

a. ☐ débutent par un animal.
b. ☐ débutent par un végétal.
c. ☐ débutent par de la matière minérale.

12 Un animal carnivore se nourrit uniquement de :

a. ☐ matière organique animale.
b. ☐ matière organique végétale.
c. ☐ matière minérale.

Réponses
1. a – **2.** c – **3.** a – **4.** c – **5.** a – **6.** b – **7.** b – **8.** a – **9.** b – **10.** b – **11.** b – **12.** a.

Résultat

……. /12

Le nombre Pi

Pi est le premier nombre (car il s'agit bien d'un nombre !) un peu déroutant que les élèves rencontrent dès l'école primaire. Ce nombre, bien mystérieux autrefois, continue de fasciner les mathématiciens encore aujourd'hui !

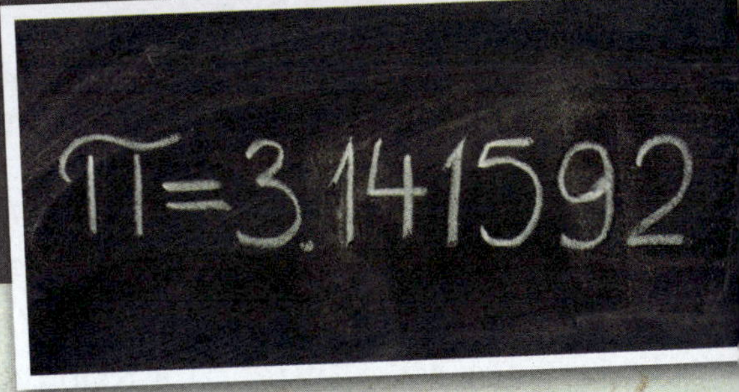

Les origines du nombre Pi

Il y a environ 4 000 ans, à Babylone (ville antique de Mésopotamie située actuellement au sud de Bagdad en Irak), les mathématiciens cherchaient à calculer le périmètre d'un cercle (on parle aussi de la circonférence du cercle) ainsi que sa surface. Ils sont rapidement arrivés à la même constatation : le rapport entre la circonférence d'un cercle et son diamètre est toujours identique, quel que soit le cercle choisi !

Pi en Égypte et en Grèce

En parallèle, les Égyptiens ont eux aussi trouvé une valeur approximative de Pi, comme en témoigne le fameux papyrus Rhind découvert en 1855. Cette valeur, plus précise, était 3,16.

Il faudra cependant attendre les Grecs et plus particulièrement Archimède, un mathématicien et ingénieur, pour avoir une méthode de plus en plus précise qui permette d'obtenir les décimales de Pi. En utilisant un polygone à 96 côtés, Archimède donnera comme approximation de Pi, l'encadrement suivant : $3{,}1408 < \pi < 3{,}1429$.

Pi, utile dans tous les domaines

Son utilité est fondamentale dans le domaine des sciences mais, plus surprenant, on retrouve Pi partout autour de nous. Par exemple, si vous donnez la date de votre naissance (jour/mois/les deux derniers chiffres de votre année de naissance), cette séquence est inscrite dans les décimales de Pi (voir le site mypiday.com).

Pi dans le monde entier !

La notation π est introduite pour la première fois par le mathématicien anglais William Oughtred (1574-1660) qui l'utilise pour nommer le périmètre d'un cercle. L'adoption universelle de la notation sera le fait du célèbre mathématicien Leonhard Euler (1707-1783). À partir du XVIIe siècle, c'est en Europe que les recherches progressent et que les records tombent ! En 1766, Adrien Marie Legendre montre que le nombre Pi est un nombre irrationnel, c'est-à-dire un nombre qui ne peut pas s'écrire comme une fraction. Mieux encore, en 1882, Ferdinand von Lindemann prouve que le nombre Pi est un nombre transcendant, c'est-à-dire un nombre qui n'est la racine d'aucun polynôme à coefficient entier. À l'heure actuelle, Pi n'a toujours pas fini de livrer tous ses secrets…

Pi en fête

Les Américains ont même décidé de célébrer Pi : c'est le Pi-Day et devinerez-vous la date de cette journée particulière ? Il s'agit bien évidemment du 14 mars ! Pourquoi ? Parce que pour les Anglo-Saxons, le 14 mars s'écrit 3-14. Cela vous rappelle quelque chose ?

minitest

1. **Quel rapport permet de définir le nombre Pi ?**

2. **En quelle année a été découvert le papyrus Rhind ?**

3. **Quel mathématicien grec a donné une première approximation du nombre Pi en utilisant une méthode mathématique ?**

Réponses : **1.** Le rapport entre la circonférence d'un cercle et son diamètre. **2.** 1855. **3.** Archimède.

Séquence 6

Français

- L'indicatif présent : conjugaisons et valeurs
- On, ont
- Nature, fonction

Voyage au cœur de la brousse africaine

Le narrateur, qui voyage au Kenya, découvre la tribu des Masaï avec Patricia, la fille de l'administrateur d'un parc naturel.

C'était dans la zone la plus dénuée de la Réserve que le vieil Ol'Kalou et Oriounga avaient cherché un site pour le séjour de leur clan. [...]

Le soleil se levait dans sa gloire de brousse, mais une odeur épaisse d'étable mal tenue, de purin, infectait l'air si léger de l'aurore.

– Venez vite, me cria Patricia. Ils commencent. [...] Ils sont vraiment intelligents. Faire des maisons avec de la bouse de vache ! Vous comprenez : ils ne vivent jamais à la même place, ils n'ont pas une pelle, pas un outil, rien. Alors, ils ont inventé ça.

Joseph Kessel, *Le Lion*, Gallimard, 1958.

Rappel de cours

- Les types de présent :
– **présent d'actualité** : le verbe exprime une action qui correspond au moment où l'on parle ;
– **présent de vérité générale** : le verbe exprime un fait constamment valable ;
– **présent de narration** : dans un récit au passé, le verbe conjugué au présent rend l'action plus vivante.

- Attention, pour les verbes du 3e groupe, il y a plusieurs terminaisons possibles :
– singulier : *-s*, *-s*, *-t*, ou *-ds*, *-ds*, *-d*, ou *-x*, *-x*, *-t* ;
– pluriel : *-ons*, *-ez*, *-ent*.

As-tu bien lu le texte ?

1 La plupart des verbes de ce texte sont au passé, sauf certains. Par exemple, « commencer » dans « ils commencent » est conjugué au présent de l'indicatif. Quelle est la valeur de ce présent ?

....

....

2 Dans la phrase « ils ne vivent jamais... », le verbe est également au présent. Quelle est la valeur de ce présent ?

....

....

3 Conjugue les verbes entre parenthèses au présent de l'indicatif.

1. Je (voir) .... des girafes au loin.

2. Nous (nager) .... jusqu'à l'île.

3. Notre guide (pouvoir) .... nous conduire jusqu'au lac.

4. Nous (voguer) .... en direction du cap Vert.

5. (Vouloir)-vous .... photographier les hippopotames ?

6. Vous (faire) .... un splendide safari-photo !

4 Dans ces phrases, reconnais-tu un présent de vérité générale, un présent d'actualité ou un présent de narration ?

1. Attention, un buffle s'approche ! ……………………

2. Les hippopotames sont plus agiles dans l'eau que sur terre. ……………………

3. Ce sont les lionnes qui chassent. ……………………

4. Il doit y avoir un animal mort un peu plus loin : je vois planer des vautours. ……………………

5 Complète ces phrases avec on ou ont.

1. …………… dit que les lionnes sont encore plus dangereuses quand elles …………… des petits.

2. …………… oublie souvent qu'il est imprudent de se promener seul !

3. Est-…………… autorisé à filmer les danses rituelles ?

4. La vue du Kilimandjaro au lever du jour est, dit-……………, le plus beau spectacle qui soit.

Rappel de cours

- La **classe grammaticale** d'un mot est la catégorie à laquelle il appartient (nom, adverbe, pronom, verbe, préposition, conjonction, déterminant…). Elle ne change jamais.
La **fonction** correspond au rôle du mot dans une phrase ; elle est donc variable.

- Un mot n'a de fonction que par rapport aux autres mots de la phrase.

6 Le nom propre « Agathe » a une fonction différente dans chacune de ces phrases. Relie chaque phrase à la bonne fonction.

Nous avons rencontré Agathe lors du safari. •		• Sujet
La gagnante du concours est Agathe. •		• COD
Agathe nous rejoindra à la plage. •		• Attribut du sujet
Virgile a offert une statuette à Agathe. •		• COS

7 Jeu de mots

Colorie les verbes conjugués au présent de l'indicatif.

il fit · tu faisais · il dut · vous allez · il pue

je fais · je veuille · nous devions · il dit · j'allais · je lie

ils disent · tu pus · il put · vous liiez · nous voulons

Maths

- Droite, demi-droite, segment
- Parallèle, perpendiculaire
- Programme de construction

Rappel de cours

- On dit que deux droites sont **parallèles** lorsqu'elles ne sont pas sécantes. Autrement dit, deux droites parallèles sont deux droites qui n'ont aucun point d'intersection.
- On dit que deux droites sont **perpendiculaires** lorsqu'elles sont sécantes en un point et que l'angle formé par ces deux droites en ce point est un angle droit.
- Si deux droites sont parallèles à une même troisième, alors elles sont parallèles entre elles.
- Si deux droites sont parallèles, toute perpendiculaire à l'une est perpendiculaire à l'autre.
- Si deux droites sont perpendiculaires à une même troisième, alors elles sont parallèles entre elles.

La montagne

1 Observe les figures suivantes et suis les indications.

1. Repasse en vert la droite (*xy*).
2. Repasse en rouge la demi-droite [A*y*).
3. Repasse en bleu la demi-droite [A*x*).
4. Repasse en noir le segment [AB].

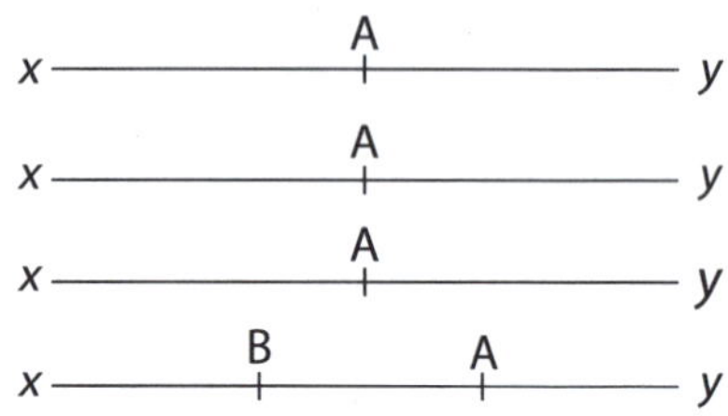

2 Eliott et Dounia ont décidé d'aller à la chasse aux papillons autour du lac de Tuleda situé à Méribel, une station de Savoie ! Pour cela, il leur faut une bonne épuisette. Sur les manches des épuisettes, il y a une partie plus épaisse…
Dans chacun des cas suivants, indique le nom de la partie repassée en gras.

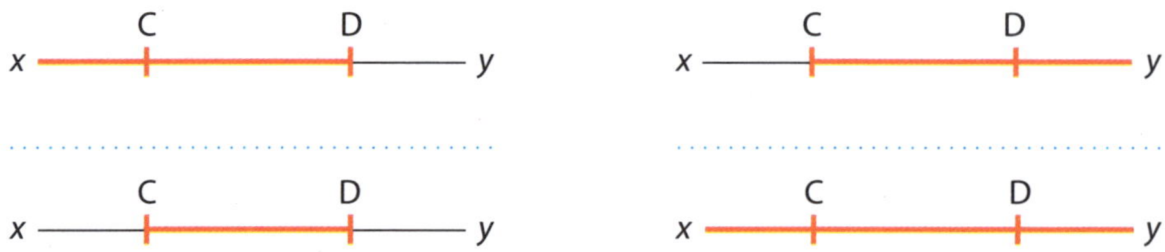

3 Nino jette une poignée de fleurs de montagne. Chaque fleur correspond à une lettre sur ce schéma. Utilise ta règle, puis coche les bonnes réponses.

1. Les points E, F et H sont — a. ☐ alignés — b. ☐ non alignés.
2. Les points E, F et G sont — a. ☐ alignés — b. ☐ non alignés.
3. Les points E, L et M sont — a. ☐ alignés — b. ☐ non alignés.
4. Les points M, L et K sont — a. ☐ alignés — b. ☐ non alignés.
5. Les points H, I et K sont — a. ☐ alignés — b. ☐ non alignés.
6. Les points H, I et J sont — a. ☐ alignés — b. ☐ non alignés.

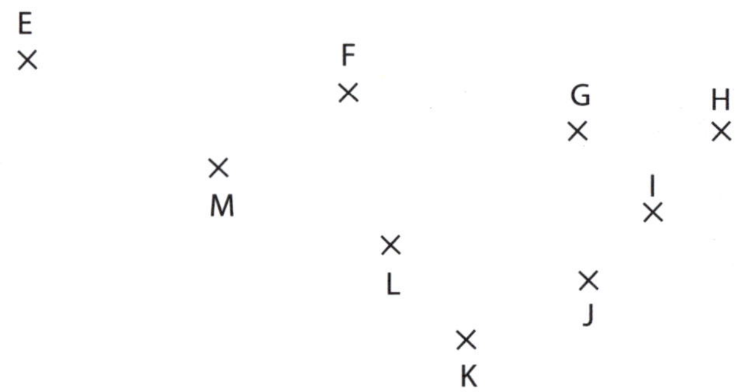

4 **Sur la table sont disposées trois fleurs : un colchique, un myosotis et une primevère. Pour simplifier, on appellera C le point formé par le colchique, M le point formé par le myosotis et P le point formé par la primevère.**

1. Complète la figure ci-dessous en respectant le programme de construction suivant :
– construis la droite (*d*) perpendiculaire à la droite (CP) passant par le point M ;
– construis la droite (*d'*) perpendiculaire à la droite (MC) passant par le point P ;
– les droites (*d*) et (*d'*) sont sécantes en un point Q ;
– construis la droite (*d''*) perpendiculaire à la droite (*d'*) passant par le point Q.

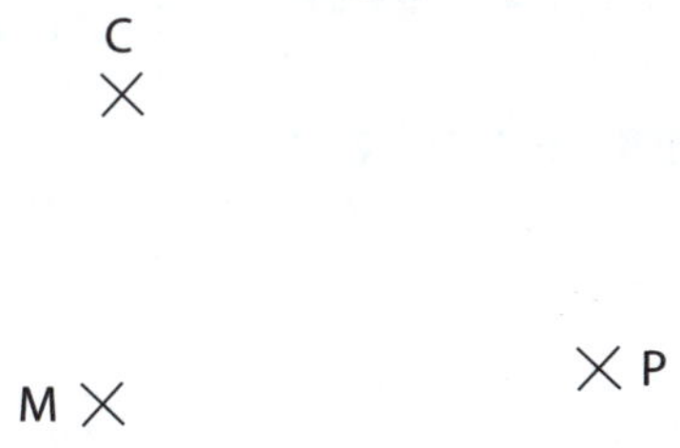

2. Que peux-tu dire des droites (MC) et (*d''*) ? ....

5 **Eliott et Dounia décident ensuite de faire une randonnée à Chamonix. On leur confie une carte où sont indiqués les sentiers à suivre. Pour être sûrs que Eliott et Dounia sauront utiliser cette carte, leurs parents leur donne le test suivant à compléter !**
À ton tour, réponds par vrai ou par faux.

	Vrai	Faux
a. Une droite possède un milieu.	☐	☐
b. Un segment a un milieu.	☐	☐
c. Une demi-droite n'a pas de milieu.	☐	☐
d. Si un point est à égale distance des extrémités d'un segment, alors ce point est le milieu du segment.	☐	☐

6 **Jeu de nombres**

Retrouve les mots cachés :
cercle, milieu, intersection, point, parallèle, perpendiculaire, droite, aligne, triangle, axiome, théorème.

B	P	Q	P	C	F	H	J	J	L
O	D	A	E	B	E	U	T	E	L
P	R	D	R	C	E	R	Y	B	I
I	O	H	P	A	A	E	C	U	M
N	I	I	E	T	L	D	A	L	F
T	T	B	N	K	I	L	U	H	E
E	E	R	D	T	G	G	E	I	T
R	A	R	I	O	N	A	V	L	H
S	D	E	C	A	E	R	U	B	E
E	P	I	U	X	N	M	E	R	O
C	O	E	L	I	A	G	P	T	R
T	N	T	A	O	R	L	L	S	E
I	C	V	I	M	I	A	D	E	M
O	E	O	R	E	M	T	R	A	E
N	U	A	E	M	I	L	I	E	U

Anglais

- La question ouverte

The Big One

How ready are Californian schools for *The Big One*? *The Big One* is the major earthquake that will hit California one day. To get ready for such a disaster, schools organise drills for people to practise the correct protective actions in case of an earthquake. When the ground starts to shake: "Drop, cover, and hold on!"

Earthquake = tremblement de terre.
To quake = trembler.
Drills = exercices d'entraînement.

Rappel de cours

- Une question qui appelle une autre réponse que « oui » ou « non » est une **question ouverte** et se construit de la façon suivante :
mot interrogatif (qui commence par ***Wh***- ou ***H***-) + auxiliaire + sujet + … + ?
What is your favourite colour?
Where do you live?
Who is your best friend?
When is your birthday?
Why are you smiling?
How old are you?

1 Le document indique ce que les élèves doivent faire si la terre de Californie se met à trembler. Observe attentivement ce poster, puis relie les questions aux réponses qui correspondent.

Who's in the classroom? •	• Everybody is covering under the tables.
What is everybody doing? •	• The teacher and the pupils.
Why are they doing this? •	• Because the earth is shaking.

2 L'État de Californie a malheureusement souvent été victime de désastres naturels. En voici trois. Attention, l'une de ces catastrophes ne s'est jamais produite ! Laquelle ?

1. Earthquakes 2. Wildfires 3. Extreme cold weather

3 Learn and play

Trouve les noms des deux grandes villes de l'État de Californie qui se cachent dans cette grille.

L	O	O	C	I	T	Y					
N	O	V	E	C	A	N	T				
A	S	S	Q	L	I	M	A	J			
V	L	A	A	O	T	T	A	W	A		
E	O	U	K	N	E	W	Y	O	R	K	
L	B	S	O	D	G	A	R	C	I	A	Z
I	A	A	M	O	N	E	O	O	N	R	O
D	B	S	I	N	A	T	L	A	L	E	R
O	B	A	Y	E	O	U	I	E	P	A	R
S	A	N	F	R	A	N	C	I	S	C	O

SVT

- Le recyclage de la matière organique

Deviens un écocitoyen

Rappel de cours

- La **matière organique**, produite par les êtres vivants, est la seule à pouvoir être décomposée en matière minérale utilisable par les végétaux. On dit qu'elle est **biodégradable**. Ce sont les petits êtres vivants du sol qui permettent cette transformation. Les autres matières ne disparaissent qu'après un temps très long.
- Le **tri sélectif** permet de séparer les ordures en fonction de leur nature afin de permettre le recyclage de certaines.
- L'être humain utilise la **décomposition naturelle** de la matière organique pour recycler ses déchets biodégradables.

1 Des campeurs insouciants ont abandonné leurs déchets en forêt. On y trouve des épluchures de légumes, des pots de yaourt en plastique, des écorces d'orange, des cartons d'emballage, des boîtes de conserve, des bouteilles en verre, des mouchoirs en papier.

Identifie les déchets biodégradables qui auraient pu disparaître avec le temps.

- ....
- ....
- ....
- ....

2 Le rôle des êtres vivants du sol

Une expérience a été réalisée afin de montrer le rôle des petits animaux du sol dans la décomposition de la matière organique. Deux feuilles d'arbres ont été mises en contact avec deux échantillons de terre différents : échantillon A : terre humide ; échantillon B : terre humidifiée après chauffage à très haute température.

Observation des feuilles au bout d'un mois :

A : feuille dégradée

B : feuille intacte

Propose une explication : ....

....

3 Expérience

Fabriquer du compost

Dans un coin de jardin, dépose les déchets organiques de la maison (épluchures de légumes, morceaux de fruits, herbe de la tonte de la pelouse...). Mélange-les avec un peu de terre du jardin. Surveille l'humidité et arrose si c'est nécessaire. Retourne le tas une fois par semaine pour l'aérer.

Les déchets vont changer d'aspect au bout de quelques semaines et une terre noire (compost ou terreau) va se former. Tu pourras utiliser le terreau comme engrais dans le jardin.

Quiz-bilan
Séquence 6

Français

1 Comment appelle-t-on un verbe au présent qui exprime un fait constamment valable ?

a. ☐ un présent d'actualité
b. ☐ un présent de vérité générale
c. ☐ un présent à valeur de futur proche

2 Comment s'écrit le verbe « naviguer » à la 1re personne du pluriel de l'indicatif présent ?

a. ☐ navigons
b. ☐ navigeons
c. ☐ naviguons

3 Comment appelle-t-on un présent utilisé dans un récit au passé pour rendre la narration plus vivante ?

a. ☐ un présent d'actualité
b. ☐ un passé récent
c. ☐ un présent de narration

Maths

4 Combien d'axes de symétrie un carré possède-t-il ?

a. ☐ 2
b. ☐ 4
c. ☐ 6

5 Combien d'axes de symétrie un cercle possède-t-il ?

a. ☐ aucun
b. ☐ 1
c. ☐ une infinité

6 Si un point M appartient à la médiatrice du segment [AB], alors :

a. ☐ MA = MB
b. ☐ MA = AB
c. ☐ MB = AB

Anglais

7 Choisis le mot interrogatif qui convient pour compléter la question : "............. *is your brother? He's at school."*

a. ☐ Where
b. ☐ When
c. ☐ Why

8 Donne la bonne réponse à la question : *"Why are they under the tables?"*

a. ☐ Because there's a fire alarm.
b. ☐ Because they're thirsty.
c. ☐ Because the earth is shaking.

9 Quel mot interrogatif utilise-t-on pour interroger sur le lieu ?

a. ☐ where
b. ☐ when
c. ☐ what

SVT

10 Le sol contient :

a. ☐ uniquement des roches.
b. ☐ de la matière minérale et de la matière organique.
c. ☐ uniquement de la matière organique.

11 Les êtres vivants du sol :

a. ☐ décomposent la matière minérale en matière organique.
b. ☐ décomposent la matière organique en matière minérale.
c. ☐ n'agissent pas sur les matières biodégradables.

12 La matière organique :

a. ☐ sera décomposée comme la matière minérale.
b. ☐ n'est pas biodégradable.
c. ☐ est la seule à pouvoir être décomposée.

Réponses
1. b – **2.** c – **3.** c – **4.** b – **5.** c – **6.** a – **7.** a – **8.** c – **9.** a – **10.** b – **11.** b – **12.** c.

Résultat

...... /12

DOCU

Il était une fois Masdar

En 2006, le gouvernement des Émirats arabes unis, un État devenu riche grâce au pétrole, décide d'investir 22 milliards de dollars pour devenir l'un des leaders des énergies renouvelables. En 2008, la ville de Masdar commence à sortir de terre, en plein désert. À terme, elle devrait accueillir 50 000 habitants sur 5 km^2.

Zéro carbone, zéro déchet, zéro voiture

La ville ressemble à un gros bâtiment auquel on accède par des portes en verre fumé. Au cœur de Masdar, des logements, des bureaux, des commerces (hôtels, restaurants, supérettes, etc.) à haute efficacité énergétique sont construits. Les toits végétalisés intègrent des cultures vivrières, et le recyclage de l'eau et des déchets est assuré.

Il fait moins chaud à Masdar qu'à Abu Dhabi, car les constructions denses de la ville sont implantées de façon à produire le maximum d'ombre.

Zéro voiture à Masdar ! Elles sont garées dans un parking au nord de la ville : de petits véhicules blancs écologiques et automatisés transportent les habitants du parking à Masdar.

Une ville « high-tech »

L'Agence internationale pour les énergies renouvelables siège à Abu Dhabi, et le groupe allemand Siemens, spécialisé dans les hautes technologies, dont l'énergie, est installé à Masdar. L'Institut Masdar de la science et de la technologie, en lien avec le Massachusetts Institute of Technology de Boston, a vu sortir en 2011 sa première promotion de diplômés. Ses étudiants travaillent sur des piles destinées à générer de l'électricité à partir de déchets, sur les véhicules électriques et les systèmes automoteurs, sur le stockage de l'énergie solaire et, surtout, sur le concentrateur solaire qui, avec de gigantesques miroirs, produit de la chaleur et de l'énergie thermique.

Une ville « défi »

Abu Dhabi, la capitale des Émirats arabes unis, est située dans un milieu désertique. Elle enregistre des températures s'élevant jusqu'à 50 °C. La climatisation et l'eau consommée proviennent des usines de dessalement de l'eau de mer fonctionnant à l'électricité fournie par les hydrocarbures. Le défi de Masdar est de prouver au monde qu'il est possible de produire, à partir de la technologie du solaire concentré, de l'électricité sans utiliser la moindre goutte d'énergie fossile.

minitest

1. Dans quel pays la ville de Masdar se situe-t-elle ?
2. Quel est le défi à relever pour Masdar ?
3. Comment Masdar produit-elle de l'énergie ?

Réponses : 1. Les Émirats arabes unis ; **2.** Produire de l'électricité sans utiliser d'énergie fossile ; **3.** Avec le concentrateur solaire et le système de miroirs.

Français

- Impératif présent
- Leur, leurs
- Antériorité, postériorité
- Pronoms démonstratifs et possessifs

Rappel de cours

- Les conjugaisons de l'**impératif présent** :
  – verbes en *-er* (1er groupe) : chanter → chante, chantons, chantez ;
  – verbes en *-ir/-issant* (2e groupe) : finir → finis, finissons, finissez ;
  – autres verbes (3e groupe) : partir → pars, partons, partez.

- Quelques verbes en *-ir* du 3e groupe (*cueillir, offrir, ouvrir, couvrir…*) ont les terminaisons des verbes en *-er*.

- Un **pronom démonstratif** remplace le plus souvent un groupe nominal précédé d'un déterminant démonstratif.

- Un pronom **possessif** remplace un groupe nominal précédé d'un déterminant possessif.

Les animaux dans les *Fables*

« Va-t'en, chétif insecte, excrément de la terre ! »
C'est en ces mots que le lion
Parlait un jour au moucheron.
L'autre lui déclara la guerre.

« Le Lion et le Moucheron », *Fables*, Jean de La Fontaine.

1 Souligne dans ce texte le ou les verbes à l'impératif présent.

2 Vrai ou faux ? Coche les bonnes réponses.

	Vrai	Faux
1. « Fais » est un impératif présent, 2e personne du singulier.	☐	☐
2. « Offre » est un impératif présent, 2e personne du singulier.	☐	☐
3. « Venez » est un impératif présent, 2e personne du pluriel.	☐	☐
4. « Sois » est un impératif présent, 2e personne du singulier.	☐	☐
5. « Allons » est un impératif présent, 1re personne du pluriel.	☐	☐

3 Entoure uniquement les formes verbales pouvant correspondre à un impératif présent.

1. danses, dansons, dansiez, danse.
2. dis, dites, dirent, dit.
3. veux, voulons, veuille, veuillez.
4. soient, soyez, sont, soyons.
5. fais, fait, faisons, faisiez.

4 Souligne le pronom démonstratif qui pourrait remplacer chaque groupe nominal.

1. La prétention des grenouilles → celles-ci ; celle-ci ; ceux-ci ; cela.
2. Les ailes du corbeau → celui-là ; ceci ; cela ; celles-là.
3. La truffe mouillée du chien → ceux-ci ; celle-ci ; celui-là ; celui-ci.
4. Les poils doux et soyeux de la lionne → celle-là ; celui-ci ; celles-ci ; ceux-ci.
5. Les oreilles pointues du chat → ceux-ci ; ceux-là ; celle-là ; celles-là.

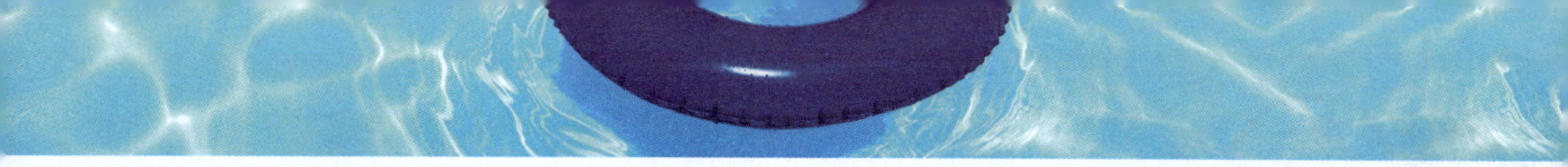

5 Complète ces phrases avec leur ou leurs.

1. Quand les cigales eurent mangé toutes ……… provisions, les fourmis ne voulurent rien leur donner.

2. Les corbeaux sont fiers de ……… plumes.

3. Les animaux respectent ……… roi.

4. Quand le roi ……… demanda qui était responsable de la peste, les animaux accusèrent l'âne.

5. Les charretiers font avancer ……… chevaux avec ……… fouet.

6. ……… long bec empêche les cigognes de manger dans une assiette ; les renards ne peuvent pas manger dans un vase avec ……… museau.

7. Les fourmis ne partagent pas volontiers ……… provisions.

8. Quand les lapins sortent de ……… terrier, les belettes les ……… prennent.

Rappel de cours

- **Leur/leurs,** déterminant possessif, précède un nom et ne peut s'employer seul. Il s'accorde en nombre.
- **Leur,** pronom personnel, remplace un nom ou un GN. Il est suivi d'un verbe et ne s'accorde jamais.

6 Connais-tu le sens de chaque expression ? Coche la bonne réponse.

1. Au bout de six mois.
   - a. ☐ Six mois plus tôt.
   - b. ☐ Six mois plus tard.

2. Tant que le loup n'était pas encore arrivé.
   - a. ☐ Avant l'arrivée du loup.
   - b. ☐ Après l'arrivée du loup.

3. Le surlendemain de son arrivée.
   - a. ☐ Deux jours avant son arrivée.
   - b. ☐ Deux jours après son arrivée.

7 Jeu de mots

Sauras-tu reconnaître quel animal des *Fables* de La Fontaine s'exprime dans chaque phrase ?

a. J'enfle tellement que je finis par éclater. → ………………………………

b. J'invite le renard à manger et je le sers dans un vase à long col. → ………………

c. Je ne suis pas prêteuse, c'est là mon moindre défaut… → ………………………

d. Je ne supporte pas que l'on trouble mon breuvage ! → …………………………

Maths

- Symétrie axiale
- Médiatrice

La Grande Arche de la Fraternité

1 La Grande Arche de la Fraternité se situe dans le quartier de la Défense en région parisienne. Cette structure monumentale de 300 000 tonnes est en fait un cube que l'on aurait évidé. Ses dimensions sont : 108 m × 110 m × 112 m, ce qui rend la structure quasiment cubique ! Lou et Noé se promènent sous l'Arche et ils remarquent que le monument présente plusieurs axes de symétrie. **Peux-tu les aider à tous les trouver ?**
(On va supposer que la Grande Arche de la fraternité est un cube de 100 m d'arête.)

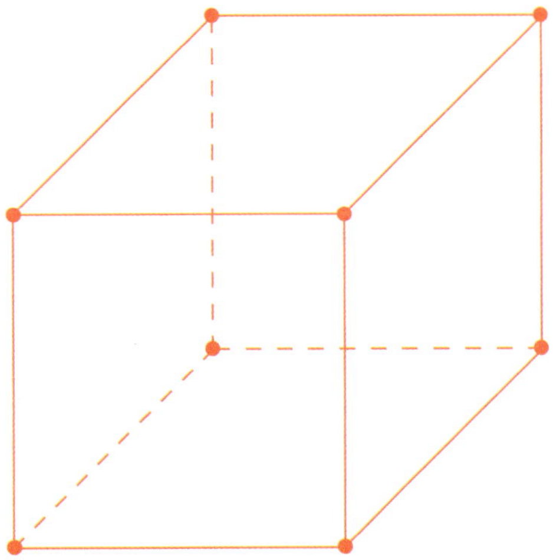

Rappel de cours

- Deux points M et M' sont **symétriques** par rapport à une droite (*D*) lorsque la droite (*D*) coupe perpendiculairement en son milieu le segment [MM'].
- La symétrie axiale conserve : les longueurs, l'alignement, le milieu, les angles, le parallélisme et l'orthogonalité.
- Le symétrique par rapport à un axe d'un cercle de centre O et de rayon R est un cercle de centre O' (le symétrique du point O) et de même rayon R.

2 À l'aide des pointillés et des demi-cercles, place les points A', B', C' et D' symétriques des points A, B, C et D par rapport à la droite (Δ).

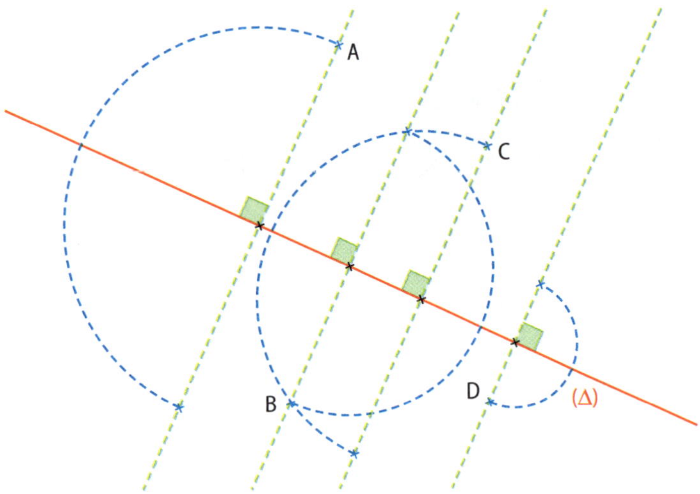

3 Jeu de nombres

Place le moins de jetons ● possible pour que la figure commencée soit symétrique par rapport aux deux axes tracés en rouge.

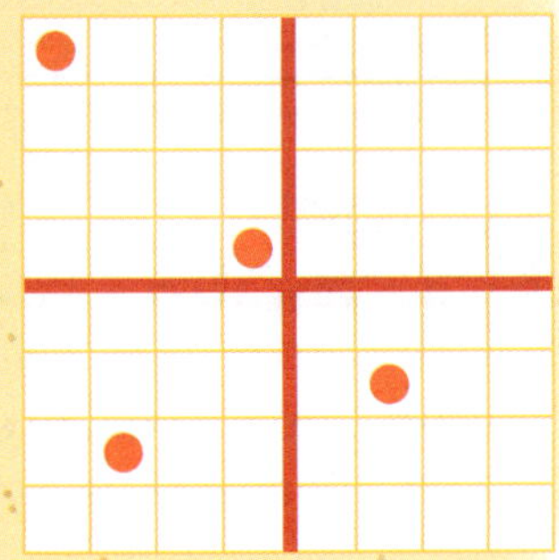

4 **À l'aide des pointillés, trouve les symétriques des points A, B, C, D, E, F, G et H par rapport à la droite (*D*).**

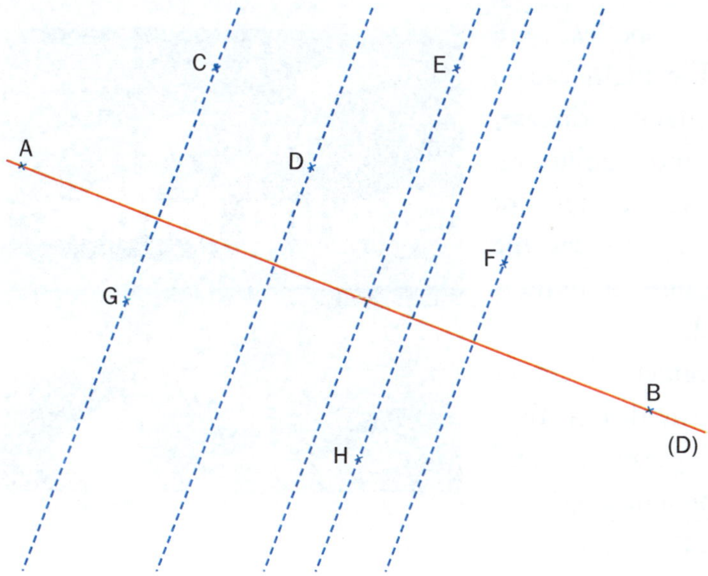

5 **Quel animal bien curieux… Pour le découvrir, il te faudra construire son symétrique par rapport à l'axe rouge.**

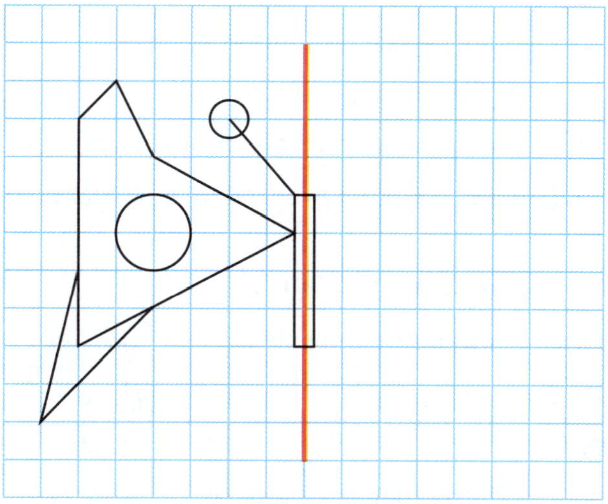

6 **Dessine le symétrique de chacune des figures suivantes, par rapport aux axes rouges.**

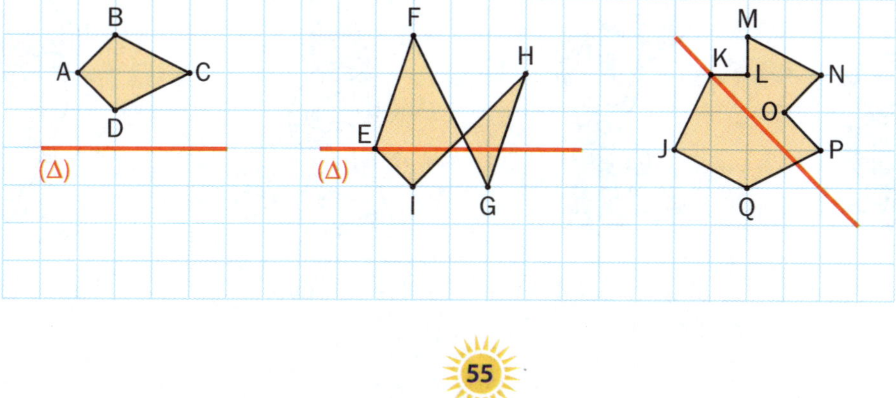

Anglais

- Can, can't

Saving turtles!

Many turtle species are endangered. The main causes are climate change, disease, overhunting and pollution. Did you know that tens of thousands of sea turtles die each year because of hunters and illegal traders?
Turtles are wonderful reptiles that can do many things! Your turtle can recognize you and also imitate you a little bit.

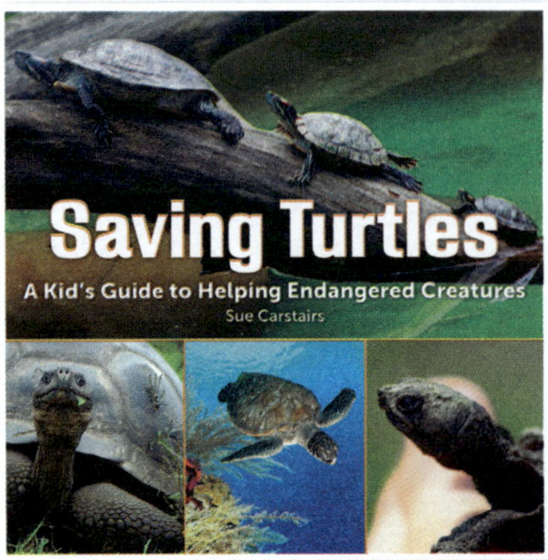

A tortoise : une tortue terrestre.
A turtle : une tortue de mer.

Rappel de cours

- ***Can*** est un **auxiliaire modal**, ce qui veut dire qu'il est toujours suivi d'une base verbale et qu'il ne prend jamais de *s* à la 3e personne du singulier.
Ex. : *She can swim.* (Elle sait nager.)
Ex. : *He can't dive.* (Il ne sait pas plonger.)
Ex. : *Can turtles swim fast?* (Les tortues savent-elles nager vite ?)

1 Pourquoi les tortues de mer sont-elles en danger ? Relis le texte, puis coche les bonnes raisons.

1. ☐ Many people hunt them illegally.
2. ☐ Turtles die of pollution.
3. ☐ Lots of turtles are very old so lots of them die.
4. ☐ Many people buy or sell them illegally.

2 La plupart des tortues savent… Vrai ou faux ?

1. Many turtles can hide their heads inside their shells. ☐ Vrai ☐ Faux
2. Turtles can swim and walk. ☐ Vrai ☐ Faux
3. Tortoises can swim very well. ☐ Vrai ☐ Faux
4. Turtles can hear low sounds better than high sounds. ☐ Vrai ☐ Faux

3 Complète les phrases suivantes avec can ou can't.

1. She .... paint her bedroom.

2. She .... paint her bedroom.

3. He .... dive.

4. He .... dive.

L'énergie

- Les sources d'énergie
- La valeur énergétique
- Les unités d'énergie

1 **Cite deux sources d'énergie renouvelable.**

2 **Une facture d'électricité mentionne la consommation d'énergie électrique sur une période. Quelle est l'unité d'énergie utilisée sur ces factures ?**

3 **Sur les emballages de plats cuisinés, la valeur nutritionnelle est mentionnée. En utilisant les indications de l'étiquette ci-contre, calcule le nombre de Joules pour 1 calorie.**

Valeurs nutritionnelles moyennes		
	Pour 100 g	Pour ce plat
Énergie	177 Kcal 734 KJ	512 Kcal 2127 Kj
Protéines	5,3 g	15,4 g
Glucides	8,9 g	25,8 g

Rappel de cours

- L'**énergie** s'exprime en Joule, en calorie ou en Wattheure. L'énergie ne peut se créer ou se détruire ; elle se transforme d'une forme vers une autre forme.
- Les **sources d'énergie** ne sont pas toutes inépuisables (gaz, pétrole, charbon). Il est nécessaire de les économiser.
- Consulter l'**étiquetage** des appareils, véhicules, bâtiment, permet de connaître la **catégorie énergétique**. Il faut privilégier la classe A.
- Connaître la **valeur énergétique** des aliments permet d'avoir une alimentation plus saine et plus équilibrée.

4 Exo savant

Voici des menus pour une journée.

1. Calcule le nombre de calories pour chaque repas, puis le nombre total pour la journée. ....

2. Pour qui ces menus sont-ils conseillés ?
– un enfant de deux ans
– un sportif de haut niveau
– un adulte en activité

	Aliments	Calories
Petit-déjeuner	Une orange	45
	Lait	128
	Muesli	200
Déjeuner	Carottes râpées	30
	Vinaigrette	46
	Pâtes	337
	Steack haché 5 %	240
	Sauce tomates	39
	Un yaourt aux fruits	98
Dîner	Soupe de légumes	40
	Une tranche de pain	102
	Une portion de fromage	91
	Une mousse au chocolat	238

Quiz-bilan
Séquence 7

Français

1 Comment le verbe « aller » s'écrit-il à la 2e personne du singulier de l'impératif présent ?

a. ☐ vas
b. ☐ allez
c. ☐ va

2 Quelle phrase est écrite correctement ?

a. ☐ Il est tard, monte dans ta chambre et couches-toi !
b. ☐ Il est tard, monte dans ta chambre et couche-toi !
c. ☐ Il est tard, montes dans ta chambre et couches-toi !

3 Quelle phrase est écrite correctement ?

a. ☐ On leurs a pris leurs passeports.
b. ☐ On leurs a pris leur passeport.
c. ☐ On leur a pris leur passeport.

Maths

4 Quelle est l'aire d'un disque de rayon 3 cm ?

a. ☐ 3π cm²
b. ☐ 9π cm²
c. ☐ 9π cm

5 On considère un parallélépipède rectangle. Une seule des affirmations suivantes est vraie. Laquelle ?

a. ☐ Il a 6 faces.
b. ☐ Il a 6 sommets.
c. ☐ Il a 6 arêtes.

6 On considère un angle de mesure 54°. Sa bissectrice coupe cet angle en deux angles adjacents mesurant :

a. ☐ 22°
b. ☐ 27°
c. ☐ 42°

Anglais

7 Quelle est la différence entre *tortoise* et *turtle* ?

a. ☐ Tortoises live in the sea and turtles don't.
b. ☐ Turtles live in the sea and tortoises don't.
c. ☐ Tortoises and turtles live in the sea.

8 Quelle est la phrase vraie ?

a. ☐ Turtles can live very old.
b. ☐ Turtles can't live very old.
c. ☐ Turtles never die.

9 Quelles sont les deux phrases équivalentes ?

a. ☐ My granddad can read with his glasses.
b. ☐ My granddad can read without his glasses.
c. ☐ My granddad can't read without his glasses.

Physique-Chimie

10 Un appareil qui consomme peu d'énergie est :

a. ☐ dans la classe « A ».
b. ☐ dans la classe « 1 ».
c. ☐ dans la classe « – ».

11 L'énergie s'exprime en :

a. ☐ Joule.
b. ☐ mètre par seconde.
c. ☐ kilowatt.

12 Pour une activité journalière courante, un adulte a besoin de :

a. ☐ 500 calories environ.
b. ☐ 2 000 calories environ.
c. ☐ 7 000 calories environ.

Réponses
1. c – 2. b – 3. c – 4. b – 5. a – 6. b – 7. b – 8. a – 9. a, c – 10. a – 11. a – 12. b.

Résultat

...... /12

DOCU

De l'énergie pour se déplacer

Pour se déplacer, il faut transformer de l'énergie pour être en mouvement. L'énergie du mouvement est l'énergie mécanique.

L'énergie musculaire

L'énergie musculaire a été la première énergie utilisée pour se déplacer. Les personnalités romaines ou grecques se déplaçaient sur des litières portées par des serviteurs. Les rois se déplaçaient en chaise à porteur.

L'ancêtre de la bicyclette moderne : la draisienne.

L'énergie éolienne

Le vent (énergie éolienne) est une très ancienne forme d'énergie utilisée pour se déplacer sur les mers et les océans.

La combustion

La combustion est une réaction chimique, qui peut être utilisée pour se déplacer. Brûler du charbon ou du gazole permet de propulser un train. Les voitures, les avions et les fusées sont également propulsés grâce à une combustion.

Certains sous-marins utilisent l'énergie nucléraire.

L'avenir de l'aviation : l'énergie solaire

L'avion Solar Impulse a effectué un tour du monde uniquement grâce à de l'électricité produite par l'énergie solaire.

Les records de vitesse de train

574,80 km/h : le TGV français détient le record sur rail. C'est l'énergie électrique qui le propulse. Au Japon, on a atteint 603 km/h avec un train « suspendu » sur un champ magnétique.

minitest

1. Où le record de vitesse sur rail (sans sustentation magnétique) a-t-il été établi ?

ⓐ ☐ En France ⓑ ☐ Au Japon ⓒ ☐ En Angleterre

2. L'énergie la plus ancienne utilisée pour se déplacer est l'énergie chimique : vrai ou faux ?

3. Quelle est l'énergie utilisée par les fusées Ariane pour mettre les satellites sur orbite ?

Réponses : 1. a – 2. faux – 3. L'énergie chimique.

Séquence 8

Français

- Et, est
- Compléments circonstanciels
- Niveaux de langue
- Phrase verbale, phrase non verbale

Les Contes du chat perché

Le bœuf était vraiment très doué, et d'autre part, il avait beaucoup d'amour-propre. […] En moins de quinze jours, il eut appris à lire ses lettres et même à les réciter par cœur. Les dimanches, les jours de pluie, et en général, tous les soirs au retour des champs, Delphine et Marinette lui donnaient des leçons en cachette de leurs parents. Le pauvre bœuf en avait de violents maux de tête, et il lui arrivait de se réveiller au milieu de la nuit en disant tout haut : « B, A, ba, B, E, be, B, I, bi… »

Les Contes du chat perché, Marcel Aymé, Gallimard, 1939.

Rappel de cours

- ***Est*** est la forme du verbe *être* au présent de l'indicatif, 3e personne du singulier. ***Et*** est une conjonction de coordination.
- **Le complément circonstanciel (ou complément de phrase)** est un complément la plupart du temps supprimable ou déplaçable. Il indique les circonstances de l'action (lieu, temps, manière, moyen…).

As-tu bien lu le texte ?

1 **Sur une feuille à part, récris au présent de l'indicatif « Le bœuf était vraiment très doué ».**

2 **Souligne tous les « et » du texte ; peux-tu les remplacer par « et puis » ?**

……………………………………………………………………………………

3 **Complète ces phrases avec et ou est.**

1. Le loup veut entrer dans la maison ……. jouer avec Delphine ……. Marinette.
2. Il ……. désolé d'avoir mangé le Petit Chaperon Rouge ……. la grand-mère.
3. Marinette dit qu'il n' ……. pas si méchant.
4. Delphine ……. beaucoup plus méfiante ……. hésitante.
5. Le loup ……. finalement autorisé à entrer ……. à s'asseoir au coin du feu.

4 **Relie chaque proposition au complément circonstanciel qui convient.**

1. Le canard s'est enrhumé •	• près de la mare.
2. Le bœuf a appris à lire •	• grâce à ses beaux discours.
3. Marinette s'est foulé la cheville •	• en barbotant dans l'eau glacée de la mare.
4. Le loup a séduit Delphine •	• quand il était petit.

5 **Souligne les formulations qui ne correspondent pas à un niveau de langue courant.**

Ça discute sec dans l'étable : le destrier est fier car on lui a dit qu'il était la plus noble conquête de l'homme. Il se la joue et nargue le baudet. La poule ne pige rien à leur différend : l'essentiel pour elle, c'est de rester peinarde à la ferme. L'âne s'en va, vexé, en traitant la gallinacée de sotte.

6 **Quel niveau de langue reconnais-tu dans ce texte ?**
Récris-le dans un niveau de langue courant.

(*Le chat vient d'attraper une souris.*)
La souris avait tellement la trouille qu'elle chercha même pas à se carapater. Elle dit :
« Mon pote le chat, laisse-moi me barrer ! Je suis une toute petite souris et je me suis paumée…
– Mais j'ai la dalle ! répondit le chat. Y faut bien que je casse la croûte ! »

....

....

....

....

Rappel de cours

- On distingue trois niveaux de langue : **familier, courant** et **soutenu.**

- **Une phrase verbale** a pour noyau un verbe.
Une phrase non verbale est une phrase sans verbe.

- Une phrase non verbale peut être construite autour d'un groupe nominal ou d'un seul mot ; il peut aussi s'agir d'une phrase exclamative ou interrogative.

7 **Delphine doit envoyer un télégramme à la biche pour la rassurer : aide-la à l'écrire en transformant ces phrases verbales en phrases non verbales.**

Aujourd'hui, on chasse le cerf STOP Le cerf fuit à travers bois STOP Le cerf arrive dans la ferme STOP Le chat est interrogé par les chasseurs STOP Le chat ment aux chasseurs STOP On arrête la poursuite FIN

....

....

....

....

....

8 **Jeu de mots**

Entoure les huit animaux des *Contes du chat perché* qui sont cachés dans cette grille.

A	L	O	U	P	A	P	E
C	O	C	H	O	N	O	T
H	I	S	O	U	R	I	S
A	N	E	X	L		E	O
T	A	O	C	E	R	F	I

Maths

- Carré, rectangle, triangle, losange
- Symétrie

Rappel de cours

- On appelle **rectangle** tout quadrilatère ayant 3 angles droits.
Tout rectangle possède 2 axes de symétrie perpendiculaires qui sont les médiatrices des côtés opposés du rectangle.

- On appelle **losange** tout quadrilatère ayant ses côtés de même longueur.
Tout losange possède 2 axes de symétrie perpendiculaires qui sont ses diagonales.

- On appelle **carré** tout quadrilatère ayant 4 angles droits et dont les côtés sont tous égaux.
Tout carré possède 4 axes de symétrie répartis de la façon suivante : les 2 médiatrices de ses côtés opposés comme le rectangle et ses 2 diagonales (comme le losange).

La tour Eiffel

1 La tour Eiffel est un édifice incontournable de Paris. Depuis son inauguration (à l'occasion de l'Exposition universelle de 1889), plus de 250 millions de visiteurs sont venus arpenter les 1 665 marches du monument parisien d'une hauteur de 324 m (avec les antennes) ! Au sommet de la tour Eiffel, on peut observer un panorama magnifique et distinguer des formes géométriques… Sauras-tu les identifier ?
Relie chaque forme au nom qui lui correspond.

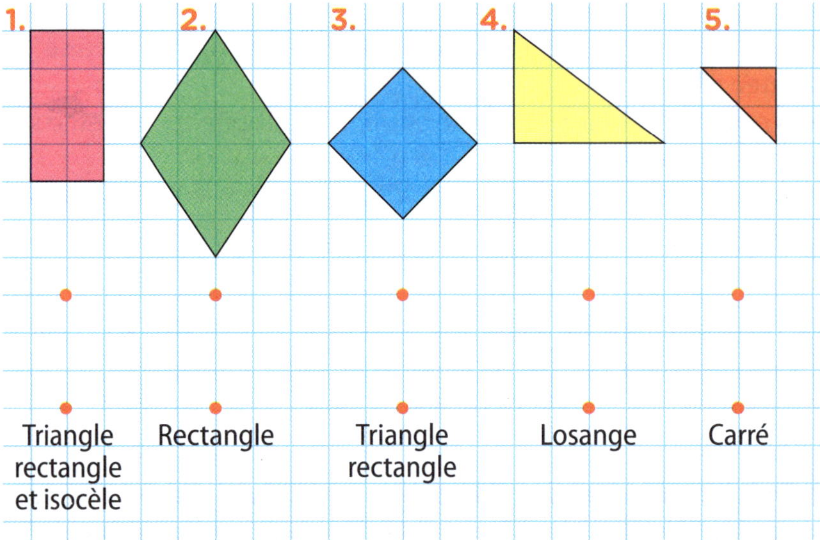

2 **Complète les figures suivantes selon les indications.**

ABCD est un rectangle.

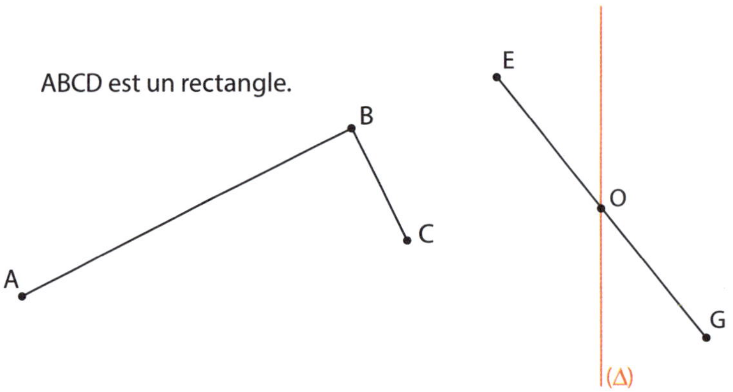

(Δ) est un axe de symétrie du rectangle EFGH.

3 **Sur le Champ de Mars, aux pieds de la tour Eiffel, les manèges A, B et C forment un triangle. Place les manèges D, E et F de sorte que les quadrilatères ABCD, ACBE et ACFB soient des losanges.**

Construis les losanges ABCD, ACBE et ACFB.

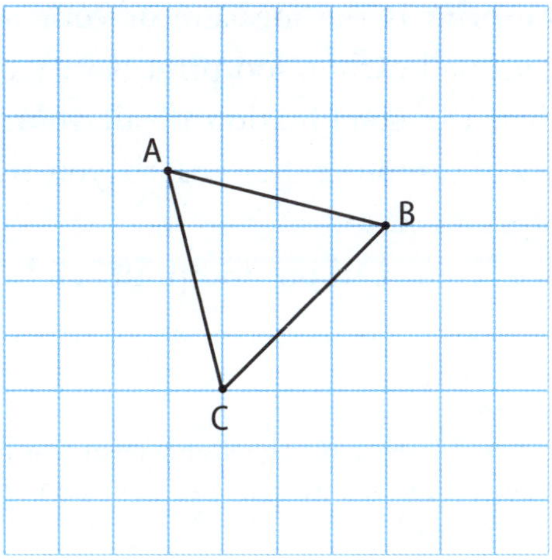

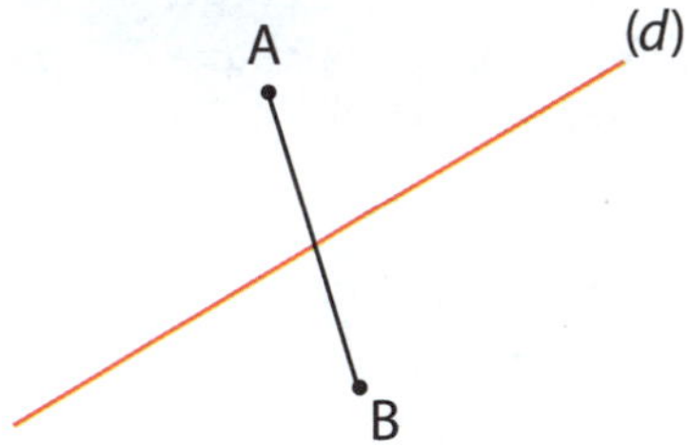

4 **Place deux points, C1 et C2, sur la droite (*d*). Puis construis deux losanges, ABC1D1 et ABC2D2.**

5 **Construis le rectangle ABCD en respectant les indications suivantes :**

– (Δ) est un axe de symétrie du rectangle ;
– le point O appartient à la droite (CD).

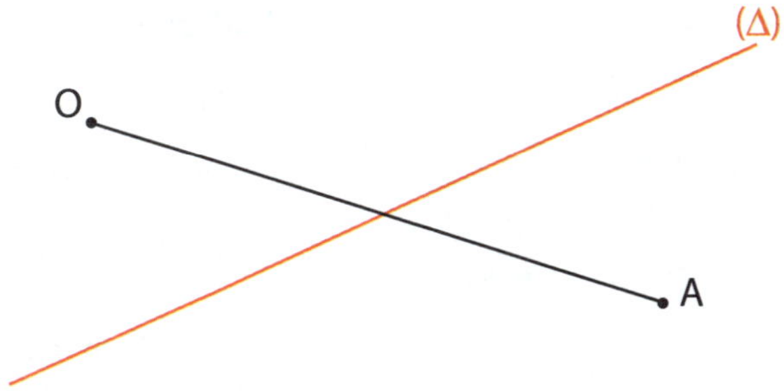

6 Jeu de nombres

Le carré ci-dessous est composé de sept figures géométriques. Dessine chacune des figures dans le deuxième quadrillage, afin de compléter la montagne.

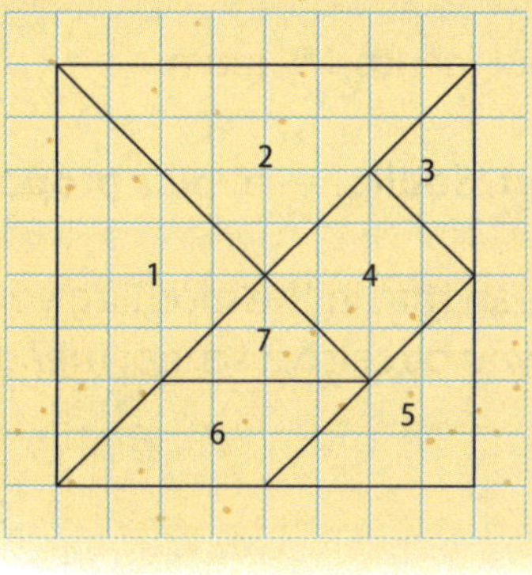

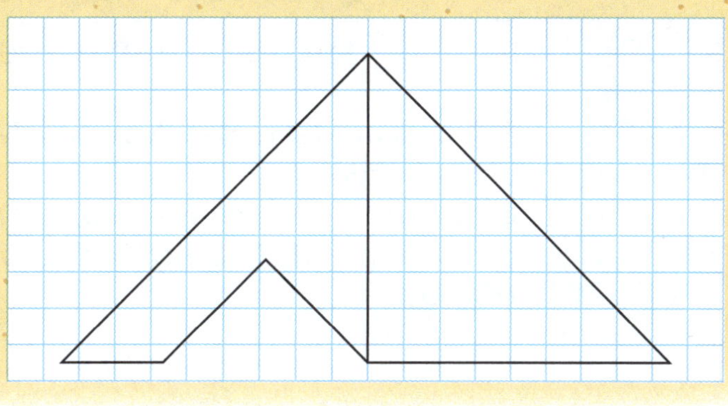

Anglais

• Le présent simple

Be environment-friendly!

Your **carbon footprint** is the quantity of carbon produced by all your activities. Your carbon footprint is the measure of your impact on the environment. Having a small carbon footprint is very important for the environment. When the combination of all your activities produces the same quantity of carbon as they absorb, you are "carbon neutral", your carbon footprint is zero.
Are you ready to reduce your carbon footprint and be more **environment-friendly**?

Carbon footprint : empreinte carbone.
L'empreinte carbone fait partie de ton impact sur l'environnement. Au cours de tes activités quotidiennes, tu émets du dioxyde de carbone. Si tu en émets beaucoup, cela a des conséquences négatives sur la nature !

1 As-tu bien lu le petit texte ci-dessus ? Retrouve dans le texte les équivalents anglais des termes français suivants. Fais attention à l'orthographe en les recopiant !

1. Empreinte : ……………………
2. Carbone : ……………………
3. Quantité : ……………………
4. Environnement : ……………………
5. Réduire : ……………………

2 Complète les phrases suivantes en choisissant le verbe qui convient. Attention, toutes les phrases doivent être au présent simple !
recycle – drive – go – take – leave

1. Don't forget to switch off the lights when you …………… a room.
2. My school teacher …………… all the paper we use.
3. …………… your friend …………… the bus to go to school? No, never.
4. I ……… to school by car with two school-friends. My mum ………… us.

3 Il y a une faute dans le texte suivant. Souligne-la, puis propose une correction.

Carpooling is environment-friendly. It mean that in the morning your mum – or your dad – doesn't only drive you but also a school friend or a colleague.

……………………………………………………………

Rappel de cours

• Le **présent simple** s'emploie pour exprimer une **habitude**, un **goût**, une **caractéristique** et une **vérité générale** ou **scientifique**.

• Il se construit à l'aide de **la base verbale**. On emploie l'auxiliaire ***do*** aux formes négative et interrogative.

Forme affirmative
I/You **play** the drums.
He/She/It **plays** the drums.
We/You/They **play** the drums.

Forme négative
I/You **don't** (do not) **play** the drums.
He/She/It **doesn't** (does not) **play** the drums.
We/You/They **don't play** the drums.

Forme interrogative
Do I/you **play** the drums?
Does he/she/it **play** the drums?
Do we/you/they **play** the drums?

SVT

- La production d'aliments par transformation biologique

La fabrication du pain

1 Chloé et Pauline ont décidé de faire du pain. Alors que Chloé suit la recette avec précision, Pauline, distraite, oublie de rajouter la levure.

Petites boulangères	Pâte reposée	Pain cuit
A :		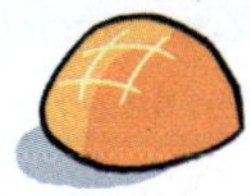
B :		

- Quelle différence observes-tu entre les deux pains ?

....

- Retrouve le pain de Chloé et celui de Pauline

! Un être vivant unicellulaire est constitué d'une cellule unique.

2 Vrai ou faux ?

1. La levure de boulanger contient des êtres vivants. ☐ Vrai ☐ Faux
2. La farine est obtenue après broyage des graines d'un végétal. ☐ Vrai ☐ Faux
3. Pour faire gonfler la pâte à pain, le boulanger la place au réfrigérateur. ☐ Vrai ☐ Faux

Rappel de cours

- Le pain est un aliment obtenu **par transformation biologique** d'une matière première végétale, la farine. Pour cela, l'homme maîtrise l'utilisation de champignons microscopiques unicellulaires appelés **levures.**
- En présence de farine et d'eau, à température ambiante, les levures produisent un gaz qui fait gonfler la pâte. Cette étape est nommée **fermentation.**
- Les levures produisent aussi des substances qui sont responsables du **goût** du pain.

3 Expérience

Réalise une fermentation.

Dans une petite bouteille en verre :

– introduis 5 g de sucre, 5 g de levure de boulanger déshydratée et un verre d'eau ;

– agite doucement pour mélanger ;

– place un ballon de baudruche sur le goulot de la bouteille ;

– observe le résultat au bout d'une heure.

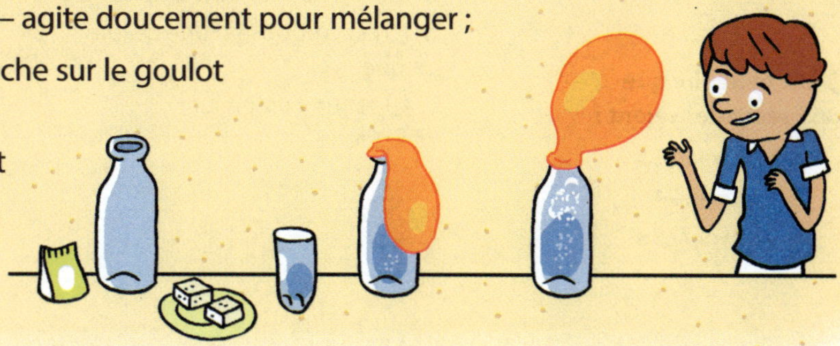

Quiz-bilan
Séquence 8

Français

1 Quelle phrase ne comporte pas de complément de phrase (circonstanciel) ?

a. ☐ Elle est rentrée fatiguée.
b. ☐ Elle est déjà rentrée.
c. ☐ Elle est rentrée en bus.

2 La phrase « Augmentation des prix en juillet » est :

a. ☐ une phrase verbale.
b. ☐ une phrase non verbale.
c. ☐ une phrase interrogative.

3 Quelle phrase est écrite correctement ?

a. ☐ Il est déjà huit heures et demie et il n'est pas arrivé !
b. ☐ Il est déjà huit heures et demie et il n'et pas arrivé !
c. ☐ Il est déjà huit heures est demie et il n'est pas arrivé !

Maths

4 Un parallélépipède rectangle a pour mesure 3,5 cm, 2,4 cm et 3 cm. Son volume est de :

a. ☐ 25,2 cm^3
b. ☐ 25,2 cm^2
c. ☐ 25,4 cm^3

5 On peut dire que 74 365 secondes valent :

a. ☐ 20 h 38 min 25 s
b. ☐ 19 h 34 min 24 s
c. ☐ 20 h 39 min 25 s

6 L'aire d'un des patrons d'un cube d'arête 10 cm est de :

a. ☐ 100 cm^2
b. ☐ 300 cm^2
c. ☐ 600 cm^2

Anglais

7 Comment dit-on « souvent » en anglais ?

a. ☐ often
b. ☐ sometimes
c. ☐ never

8 Lequel des trois mots suivants est anglais ?

a. ☐ environnement
b. ☐ environement
c. ☐ environment

9 Que signifie le mot anglais *footprint* ?

a. ☐ empreinte
b. ☐ emprunt
c. ☐ prise

SVT

10 Un être vivant unicellulaire :

a. ☐ ne peut pas être une levure.
b. ☐ est composé d'une cellule unique.
c. ☐ est un composant de la farine.

11 Dans la fabrication du pain :

a. ☐ il faut uniquement de la farine.
b. ☐ il faut seulement de la farine et de l'eau.
c. ☐ il faut de la farine, de l'eau et de la levure.

12 Les levures :

a. ☐ mangent la farine pour grossir.
b. ☐ utilisent la farine et produisent du gaz.
c. ☐ utilisent la farine et produisent du sucre.

Réponses
1. b – 2. b – 3. a – 4. a – 5. c – 6. c – 7. a – 8. c – 9. a – 10. b – 11. c – 12. b.

Résultat

...... /12

DOCU

Le panda géant, symbole de la vie sauvage à préserver

Connu en Chine depuis 3 000 ans, le panda géant est devenu le symbole de la protection de l'environnement. En effet, menacé par la disparition de son milieu naturel, il est un des animaux les plus rares au monde.

Vivant dans les régions montagneuses, froides et humides du centre et de l'ouest de la Chine, ce grand mammifère peut mesurer jusqu'à 1,8 mètre lorsqu'il se tient debout et peut peser plus d'une centaine de kilos. Pourtant, avec son pelage noir et blanc, ses petites oreilles rondes et ses yeux entourés de pelage noir, il ressemble à un ours en peluche...

Le panda géant est un animal solitaire qui cherche la compagnie de ses congénères uniquement pendant la période de reproduction, au printemps. Après une gestation de 5 à 6 mois, la femelle donne naissance à un bébé panda tous les deux ans. Il restera avec sa mère jusqu'à l'âge de 18 mois environ, puis partira à la recherche de son propre territoire.

Un grand mangeur de bambou

La principale occupation du panda (12 heures par jour) consiste alors à rechercher de quoi se nourrir. En effet, bien qu'omnivore, son régime alimentaire est essentiellement constitué de bambous. Chaque jour, il doit consommer entre 15 et 35 kg de cette grande herbe qu'il mâche pour en extraire un jus peu sucré et donc peu nourrissant.

Une espèce menacée !

C'est la disparition progressive du bambou, résultat de la destruction des forêts pour développer une agriculture intensive, qui met l'espèce du panda géant en péril.
À cela s'ajoute le marché noir de sa fourrure si recherchée. Le panda géant n'avait pas besoin des braconniers !
Le début de cette catastrophe écologique a alerté le WWF (World Wild life = Fond Mondial pour la nature), qui, depuis 1961, a fait du panda géant l'emblème de son mouvement.
De nombreux plans d'actions pour sauver l'espèce menacée ont, depuis, vu le jour : le gouvernement chinois et le milieu scientifique procèdent désormais au recensement et à la surveillance des individus. En Chine, une douzaine de réserves naturelles plantées de bambous assurent la survie et l'alimentation des animaux.

minitest

1. Le panda géant :
ⓐ vit en groupe. ⓑ est un solitaire.
ⓒ reste en famille toute sa vie.

2. Le panda géant est en danger à cause :
ⓐ de sa grande taille. ⓑ des chasseurs.
ⓒ de la disparition des forêts de bambous.

3. Le WWF est un organisme qui :
ⓐ protège les espèces en voie de disparition.
ⓑ organise des séjours de vacances.
ⓒ développe l'agriculture intensive en Chine.

Réponses : 1. b ; 2. b et c ; 3. a.

Français

- Le champ lexical
- Le champ sémantique
- La nominalisation des verbes

Voyage dans les capitales

Rome a été la capitale de l'Empire romain. De nombreux vestiges antiques subsistent, comme des colonnes, des arcs de triomphe. Les ruines des forums permettent de deviner la vie quotidienne des anciens Romains, à l'époque de la République et de l'Empire. La fondation de la ville est estimée à l'an 753 avant Jésus-Christ. Au fil du temps, Rome s'est étendue et de nombreux monuments ont été construits.

Rappel de cours

- Un **champ lexical** est un ensemble de mots (adjectifs, noms, verbes…) se rapportant à un **même thème.**

- Un **champ sémantique** est constitué de **tous les sens** que peut avoir un mot. Quand un mot peut avoir plusieurs sens, on parle de **polysémie.**

1 Compréhension du texte

1. Quelle période de Rome est évoquée ? ....

2. Relève tous les mots qui se rapportent à cette époque : comment appelle-t-on cet ensemble de mots ? ....

3. Comment comprends-tu « au fil du temps » ? Le mot « fil » est-il employé au sens propre ou au sens figuré ? ....

4. À partir de quel verbe est formé le nom « fondation » ? ....

2 Souligne tous les mots appartenant au champ lexical de la ville.

Le voyageur qui arrive à New York est saisi par la variété des ambiances de quartier : les lumières et les théâtres de Broadway, la frénésie de Wall Street, haut lieu de la finance, les immeubles de Harlem, les enseignes de luxe de la Ve Avenue, les couleurs et les parfums des boutiques de Chinatown… Mais partout, c'est le même brouhaha, celui causé par la sirène des ambulances et des voitures de pompiers. Les rues rectilignes quadrillent la ville et font passer le piéton d'un univers urbain à un autre.

3 Indique si les expressions en gras sont employées au sens propre ou au sens figuré.

1. a. Dans cette ville, beaucoup de femmes **filaient la laine.** ....

b. Tu **files un mauvais coton** ! ....

2. a. Beaucoup de toits sont **en ardoise.** ....

b. Il **a une ardoise** dans ce restaurant. ....

3. a. L'île Saint-Louis est **au cœur de Paris.** ....

b. Cet hôpital soigne les **maladies du cœur.** ....

4. a. En **tournant la tête** vers la droite, vous apercevez la tour Eiffel. ....

b. Il y a tant de musées à visiter à Berlin que l'on ne sait plus **où donner de la tête**. ....

5. a. Attention à cet homme, c'est **l'œil de Moscou** ! ....

b. À l'hôpital des Quinze-Vingts à Paris, on soigne les **maladies des yeux**.

....

Rappel de cours

La nominalisation
On peut former un nom à partir d'un verbe. Ex. : (s')entraîner → l'entraînement ; déduire → la déduction.
On obtient ainsi une phrase non verbale.

4 Quel nom commun peut être formé à partir de ces verbes ?

Stocker : ....
Déchirer : ....
Émouvoir : ....
Détacher : ....
Attirer : ....
Démolir : ....
Exploser : ....
Protéger : ....

5 Modifie ces phrases en transformant les verbes en noms.

Ex. : *Le pont s'effondre → effondrement du pont.*

1. On conserve de nombreux tableaux de Van Gogh à Amsterdam.

....

2. On a détruit le mur de Berlin.

....

3. À Madrid, on visite le musée du Prado tous les jours de la semaine.

....

4. À Rio, on organise un concours de samba tous les ans.

....

5. Rome a été fondée en 753 avant J.-C.

....

6 Jeu de mots

Trois champs lexicaux se sont mêlés : retrouve-les !

building	gratte-ciel	maison
construire	rue	artère
impasse	boulevard	strident
sirène	cacophonie	klaxonner

Maths

- Solides
- Perspective

L'optic art (op art)

1 Victor Vasarely (1906-1997) était un peintre, plasticien et sculpteur du xxe siècle qui est à l'origine de l'optic art (op art). Ce style pictural est surtout fondé sur des formes géométriques simples et sur le travail de perspective. Victor Vasarely a ainsi élaboré plusieurs œuvres sur les cubes et sur les pavés droits.

Peux-tu légender le solide ci-dessous ?

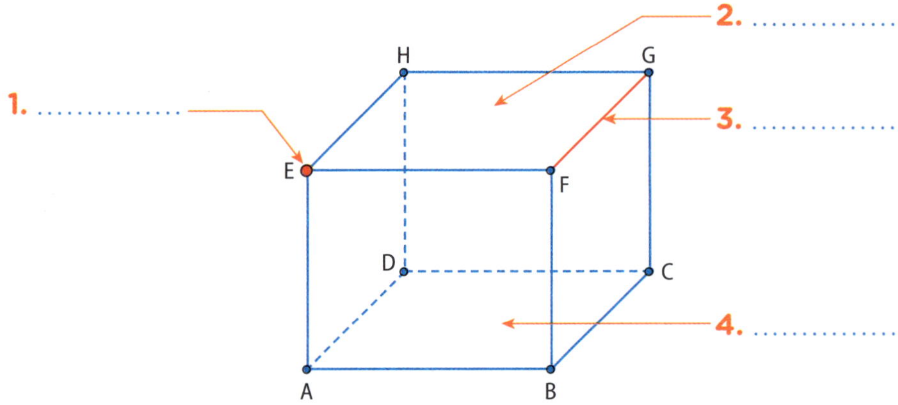

Compte les sommets, les arêtes et les faces de ce parallélépipède rectangle :

.... sommets ; .... arêtes ; .... faces.

2 Jeu de nombres

Voici un dessin en perspective d'un solide constitué de dés cubiques.

Utilise le code couleurs pour colorier ce dessin, puis compte le nombre de cubes de cette structure.

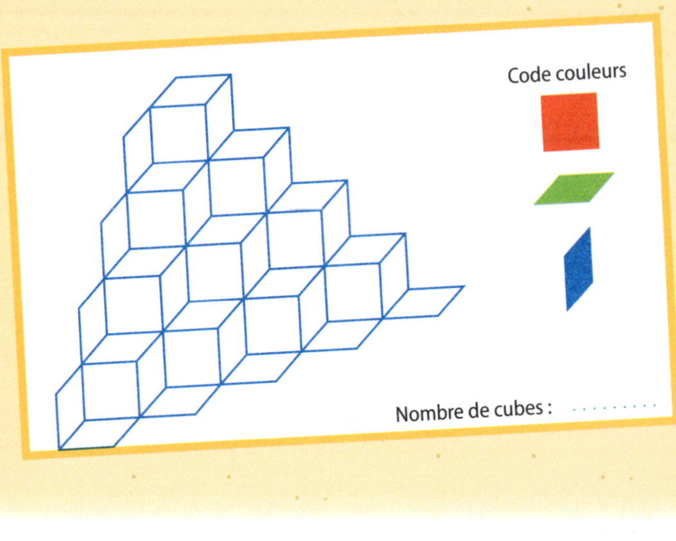

Rappel de cours

- Un **parallélépipède rectangle** ou **pavé droit** est un solide formé de 6 faces rectangulaires.

Tout parallélépipède rectangle est constitué de :
– 6 faces rectangulaires ;
– 12 segments appelés arêtes ;
– 8 sommets qui sont des points communs à trois arêtes et à trois faces.

Deux faces ayant une arête commune sont appelées des **faces adjacentes**.

Deux faces n'ayant aucune arête commune sont appelées des **faces opposées**.

Dans tout parallélépipède rectangle, deux faces adjacentes sont perpendiculaires.

Dans tout parallélépipède rectangle, deux faces opposées sont superposables et parallèles.

- Un **patron** (car un même solide peut admettre plusieurs patrons) d'un solide est un dessin qui permet, après découpage et pliage, de fabriquer ce solide sans que deux faces adjacentes ne se superposent.

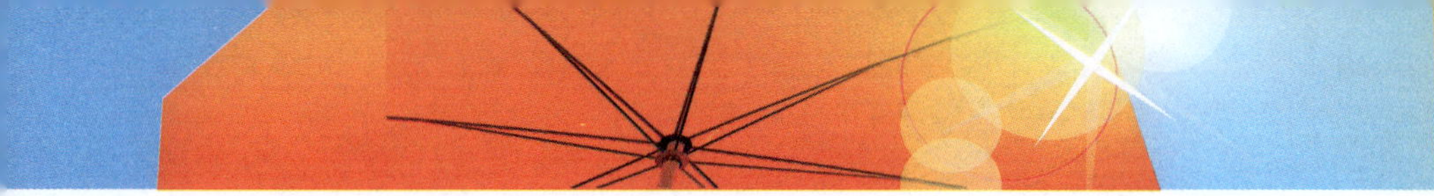

3 Observe ces patrons et coche le nom qui correspond à chacun.

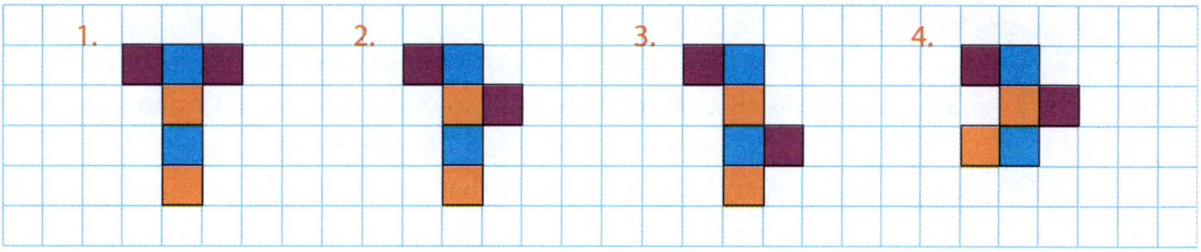

1.	2.	3.	4.
a. ☐ Pavé droit	a. ☐ Pavé droit	a. ☐ Pavé droit	a. ☐ Pavé droit
b. ☐ Non pavé droit	b. ☐ Non pavé droit	b. ☐ Non pavé droit	b. ☐ Non pavé droit

4 Complète les arêtes et les faces manquantes sur ces pavés, qui sont représentés en perspective.

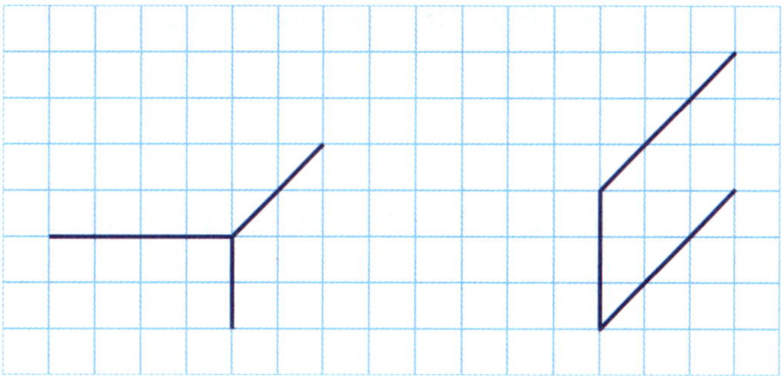

5 Aide-toi du patron du dé pour trouver le chiffre qui manque sur la troisième face du dé.

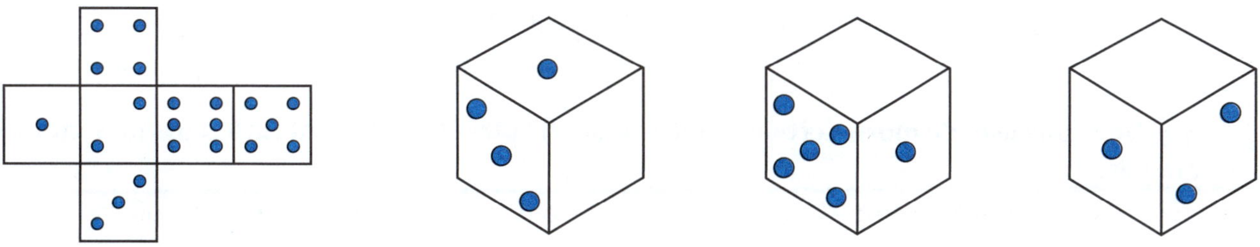

Que peux-tu dire de deux faces opposées, dans un dé ?

....

....

Anglais

- Le cas possessif

Rappel de cours

- La marque du **cas possessif**, **'s**, s'ajoute au possesseur. L'ordre de la phrase est inversé par rapport au français :
Ex. : *This is Emma's USB key.*
C'est la clé USB **d'**Emma.

- Aux **noms pluriels**, on ajoute simplement **'** :
Ex. : *This is my parents' car.*
C'est la voiture de mes parents.

- Aux **noms pluriels irréguliers**, on ajoute **'s** :
Ex. : *Here are my children's bedroom.*
Voici la chambre de mes enfants.

Big Ben

Big Ben, the famous clock at Britain's Parliament in London, is too slow! Well… 6 seconds too slow. The BBC has a micro in the tower and broadcasts the gongs live for the news at 6pm. So, in August 2015, everybody could hear that the clock was too slow!
What's the solution? Well… there is a small pile of old penny coins on top of the pendulum. If you remove a penny the clock slows down but if you add a penny it goes faster.
Big Ben's official name is the Great Bell of Westminster. It is 156 years old and weighs 13 tons. It is one of the most unique bells in the world. Big Ben chimes every 15 minutes and emits deep bongs to mark the hour. A famous melody! Everybody knows Big Ben's song: G#, F#, E and B, – si, mi, #fa, #sol –. It is the emblem of London in many films and TV series.

Pendulum = balancier. *Broadcast* = diffuse.
Chime = carillonner. *Live* = direct.

1 As-tu bien lu le texte ci-dessus ? Coche les bonnes réponses.

1. Where's Big Ben?

a. ☐ Birmingham b. ☐ Edinburgh c. ☐ London

2. How old is Big Ben?

a. ☐ 15 years old b. ☐ 156 years old c. ☐ 56 years old

3. What's on the top of the pendulum?

a. ☐ euros b. ☐ pennies c. ☐ pounds

2 Voici une liste de mots. Certains sont anglais, d'autres français. Entoure ceux qui sont anglais.

Parlement – emblème – emblem – mélodie – officiel – melody – Parliament – official

3 Que représente le *'s* dans les phrases suivantes ?
Le cas possessif, *be* ou *has got* ?

1. Big Ben's melody is famous all over the world.

a. ☐ cas possessif b. ☐ be c. ☐ has got

2. Big Ben's four massive dials on each of its faces.

a. ☐ cas possessif b. ☐ be c. ☐ has got

3. When Big Ben's running too slow, the engineers add some pennies.

a. ☐ cas possessif b. ☐ be c. ☐ has got

> **!** Comment ne pas confondre le cas possessif avec la contraction de *is* ou de *has got* ? Le cas possessif se trouve toujours entre deux groupes nominaux.

SVT

• La production d'aliments par l'élevage ou la culture

Bien manger, c'est bon pour la santé

Rappel de cours

- **Les aliments** nous apportent des **constituants** variés qui nous permettent d'être en bonne santé. Ils ont pour origine les produits de **la culture** et **de l'élevage**.
- Nos aliments nous apportent des **sucres** lents, des sucres rapides, des **protéines** et des **matières grasses**.
- Pour être en bonne santé, il faut avoir une **alimentation variée**. Il est également conseillé de pratiquer une **activité physique régulière**.

1 À partir du dessin, complète le tableau.

Aliments issus d'une culture	Aliments issus d'un élevage
....	....
....	....
....	....
....	....

Pour chaque aliment issu d'un élevage, indique l'animal d'origine.

1. ....
2. ....
3. ....

2 Écris le nom des aliments dans la case qui convient.

Haricots verts – pain – riz – fromage – beurre – saumon – canard – ananas

Fruits et légumes Riches en fibres, sels minéraux, vitamines	Facilitent la digestion	....
Produits laitiers Riches en protéines et en calcium	Permettent la croissance des os	....
Viandes, poissons, œufs Riches en protéines	Apportent les éléments de construction des organes	....
Matières grasses	Permettent de produire de l'énergie	....
Féculents, pain, céréales Riches en sucres lents	Fournissent l'énergie utilisable petit à petit	....

3 Vrai ou faux ?

1. L'œuf et la viande sont des produits issus de l'agriculture. ....
2. La pomme de terre est un aliment riche en sucres lents. ....
3. Les matières grasses sont aussi appelées lipides. ....
4. Les sucres permettent la bonne croissance des os. ....

Quiz-bilan
Séquence 9

Français

1 Quelle phrase non verbale correspond à : « L'avion a décollé à 16 heures » ?

a. ☐ Décollement de l'avion à 16 heures.
b. ☐ L'avion décolle à 16 heures.
c. ☐ Décollage de l'avion à 16 heures.

2 L'une de ces listes n'est pas correcte : retrouve-la et explique pourquoi.

a. ☐ marin – boussole – voile – cap
b. ☐ zoo – éléphant – girafe – gardien
c. ☐ ouvrier – grue – casque – vélo

3 Quelle liste ne correspond pas à un champ sémantique ?

a. ☐ Fraise : fruit rouge – outil utilisé pour faire un forage – collerette de vêtement aux XVIe et XVIIe siècles
b. ☐ Lit : espace occupé par un cours d'eau – meuble – union (ex. : « du premier lit »)
c. ☐ Mer : vague – nageur – poisson – plage

Maths

4 Un volume de 16,57 m³ correspond à :

a. ☐ 16 570 L
b. ☐ 165,7 L
c. ☐ 165 700 L

5 Tom part faire un footing à 6 h 45 et revient à 8 h 27. Combien de temps Tom a-t-il couru ?

a. ☐ 1 h 42
b. ☐ 1,42 h
c. ☐ 42 min

6 Dans une course cycliste, Lou double le deuxième. On peut alors dire que Lou est :

a. ☐ deuxième
b. ☐ première
c. ☐ troisième

Anglais

7 L'une de ces trois phrases comprend un cas possessif. Laquelle ?

a. ☐ Big Ben's very famous.
b. ☐ You can hear Big Ben's melody in many James Bond films.
c. ☐ Big Ben's a lot of fans.

8 Deux de ces phrases sont justes. Lesquelles ?

a. ☐ My mum's birthday is in December.
b. ☐ My dad' birthday is in November.
c. ☐ May's birthday is in June.

SVT

9 Pour être en bonne santé :

a. ☐ il faut faire 6 repas par jour.
b. ☐ il faut faire 3 repas par jour.
c. ☐ il faut manger quand on a faim.

10 Les produits laitiers :

a. ☐ permettent de produire de l'énergie.
b. ☐ permettent la croissance des os.
c. ☐ contiennent des sucres lents.

Réponses
1. c – 2. c – 3. c – 4. a – 5. a – 6. a – 7. b – 8. a, c – 9. b – 10. b.

Résultat

...... /10

Ulysse et les Sirènes

Au chant XII de *L'Odyssée*, Ulysse, sur le chemin du retour, doit affronter les Sirènes et leur voix enchanteresse. Cet épisode a inspiré de nombreux artistes, de l'Antiquité à nos jours.

J. W. Waterhouse, *Ulysse et les Sirènes*, 1891.

L'histoire

Ulysse est mis en garde par Circé, une magicienne : « Il vous faudra d'abord passer près des Sirènes. Elles charment tous les mortels qui les approchent. Mais bien fou qui relâche pour entendre leurs chants ! Jamais en son logis, sa femme et ses enfants ne fêtent son retour : car, de leurs fraîches voix, les Sirènes le charment, et le pré, leur séjour, est bordé d'un rivage tout blanchi d'ossements et de débris humains, dont les chairs se corrompent… Passe sans t'arrêter ! Mais pétris de la cire à la douceur de miel et, de tes compagnons, bouche les deux oreilles : que pas un d'eux n'entende ; toi seul, dans le croiseur, écoute, si tu veux ! mais, pieds et mains liés […], fais-toi fixer au mât pour goûter le plaisir d'entendre la chanson. »

J. W. Waterhouse

Waterhouse est un peintre britannique du XIXe siècle qui a trouvé son inspiration dans l'Antiquité, et en particulier dans la mythologie. Il a en effet peint de nombreuses scènes mythologiques : Circé et Ulysse, Jason et Médée, Écho et Narcisse…

La scène

Les deux œuvres proposées représentent Ulysse qui s'est fait attacher au mât de son bateau pour écouter le chant mélodieux des Sirènes, monstres au corps de rapace et à la tête de femme, sans y succomber. Ses compagnons, quant à eux, ont les oreilles bouchées pour ne pas entendre les voix ensorcelantes des créatures et pour pouvoir diriger l'embarcation.

Ulysse et les Sirènes
Vase grec, stamnos à figures rouges, Ve siècle av. J.-C., British Museum, Londres.

Stamnos à figures rouges

Cette céramique attique a été retrouvée en Italie, où elle avait été expédiée. À cette époque, l'art grec rayonne sur tout le bassin méditerranéen. Il s'agit ici d'un vase destiné à conserver le vin, vase appelé stamnos.

Le saviez-vous ?

D'après les chercheurs qui ont reconstitué le trajet d'Ulysse en s'appuyant sur les descriptions, l'île des Sirènes correspondrait à l'archipel des Galli, près du cap de Sorrente et de l'île de Capri, en mer Tyrrhénienne. L'un des îlots était peuplé de coqs sauvages qui faisaient retentir un chant strident.

minitest

1. Qui avertit Ulysse du danger des Sirènes ?
a Athéna   b Calypso   c Circé

2. Parmi ces monstres, lequel Ulysse n'a-t-il pas eu à affronter ?
a Le cyclope   b Charybde et Scylla   c Le Minotaure

Réponses : 1. c ; 2. c.

Histoire
Géographie
EMC

Voyage dans le temps pour être le héros du programme !

Réponds à la première question et laisse-toi guider pour voyager dans l'espace, le temps et faire un parcours citoyen.

Les questions sont mêlées : les questions en rouge concernent l'histoire, les questions en orange portent sur la géographie et les questions en bleu sont celles d'enseignement moral et civique. Suis les instructions pour tenter de réussir tout le parcours !

Attention : *pour certaines questions, plusieurs réponses sont possibles.*

TOP Départ

n° 1

La « révolution » néolithique

Sur le site de Saint-André-sur-Orne (Calvados), tu découvres les vestiges néolithiques de plusieurs bâtiments.

Que signifie l'expression « révolution néolithique » ?

a. ☐ Le passage de la préhistoire à l'histoire.

b. ☐ La sédentarisation de l'homme, la pratique de l'agriculture et les premiers villages.

c. ☐ La pratique de la cueillette et de la chasse par les nomades.

Rendez-vous → n° 12

n° 2

→ *Si tu as répondu 2a à la question 17, continue le parcours ci-dessous. Sinon, fais un détour par les corrigés page 95 avant de poursuivre ton chemin.*

Se repérer dans l'espace

Tu voyages en montgolfière. Pour t'orienter et te repérer, tu étudies ta carte. Pour quelle raison ?

a. ☐ Sur la carte, le nord est toujours en bas.

b. ☐ Sur la carte, le nord est toujours en haut.

c. ☐ Sur la carte, le nord est toujours à droite.

d. ☐ Sur la carte, le nord est toujours à gauche.

Rendez-vous → n° 29

n° 3

→ *Si tu as répondu b, c et d à la question 22, continue le parcours ci-dessous. Sinon, fais un détour par les corrigés page 95 avant de poursuivre ton chemin.*

Respecter autrui et accepter les différences

Tu apprends qu'un élève d'une autre classe souffre de harcèlement et tu veux l'aider.

Quelles démarches mets-tu en œuvre ?

a. ☐ Aucune car tu crois qu'il ne faut rien dire à personne.

b. ☐ Tu lui conseilles d'en parler à un adulte du collège.

c. ☐ Tu proposes un exposé sur le thème du harcèlement et des atteintes à la personne.

Rendez-vous → n° 25

nº 4

→ Si tu as répondu b à la question 26, continue le parcours ci-dessous. Sinon, fais un détour par les corrigés page 95 avant de poursuivre ton chemin.

Des chrétiens dans l'Empire

Au Ier siècle, dans l'Empire romain de religion polythéiste, un Juif dénommé Jésus parcourt la province romaine de Palestine et diffuse un message d'amour et d'espoir en une vie éternelle. Quelle est l'attitude des empereurs romains à l'égard de cette nouvelle religion ?

1. Ier siècle •
2. 313 •
3. 380 •

- • a. L'édit de Thessalonique de Théodose fait du christianisme la religion officielle de l'Empire romain et interdit les autres cultes.
- • b. Les chrétiens sont persécutés et deviennent des martyrs.
- • c. L'édit de Milan de l'empereur Constantin autorise la pratique du christianisme.

Rendez-vous → nº 17

nº 5

→ Si tu as répondu 1. ordre dorique, 2. ordre ionique, a. fût, b. chapiteau, c. architrave, d. frise et e. fronton à la question 14, continue le parcours ci-dessous. Sinon, fais un détour par les corrigés page 95 avant de poursuivre ton chemin.

Rome, du mythe à l'histoire

À Rome, tu observes le bronze étrusque représentant la louve allaitant Romulus et Remus. Quelles propositions relèvent de l'histoire ? du mythe ?

1. Romulus et Remus descendent de Vénus, d'Énée et de Mars. •
2. Sur le Palatin, des fondations de cabanes datant du VIIIe siècle av. J.-C. ont été découvertes. •
3. Rome est d'abord une royauté. •

- • a. L'histoire
- • b. Le mythe

Rendez-vous → nº 16

nº 6

→ Si tu as répondu a, b et c à la question 8, continue le parcours ci-dessous. Sinon, fais un détour par les corrigés page 94 avant de poursuivre ton chemin.

Habiter les littoraux

Tu survoles un littoral japonais : tu vois des formes géométriques construites sur l'eau et reliées par un réseau de ponts, tu identifies des activités industrielles et portuaires, ainsi qu'un aéroport. Comment interprètes-tu le paysage de Nagoya au Japon ?

a. ☐ Nagoya illustre la littoralisation ou concentration des hommes et activités sur le littoral.

b. ☐ Nagoya est l'exemple type d'un paysage rural.

c. ☐ À Nagoya, des terre-pleins sont aménagés sur la mer pour gagner de la place.

Rendez-vous → nº 20

! Bon à savoir

Le littoral est un mot d'origine latine désignant le rivage ou la côte. 60 % des habitants de la planète vivent à proximité des littoraux.

n° 7

➔ *Si tu as répondu b et c à la question 9, continue le parcours ci-dessous. Sinon, fais un détour par les corrigés page 94 avant de poursuivre ton chemin.*

Conquêtes, paix romaine et romanisation

En 27 av. J.-C., Auguste, qui a rétabli la paix à Rome, fonde l'Empire.

Que sais-tu de cet homme ?

a. ☐ Il est le fils naturel de Jules César.

b. ☐ Auguste (« protégé des dieux ») est le surnom que le sénat lui a décerné.

c. ☐ Il est divinisé de son vivant.

Rendez-vous ➔ n° 30

n° 8

➔ *Si tu as répondu c à la question 15, continue le parcours ci-dessous. Sinon, fais un détour par les corrigés page 95 avant de poursuivre ton chemin.*

Habiter un espace à fortes contraintes naturelles

Arrivé(e) au cœur du Sahel, tu observes un autre type d'espace agricole, avec des pasteurs et quelques villages traditionnels en bordure du désert. Que penses-tu ?

a. ☐ Il faut déplacer les troupeaux pour trouver de la nourriture.

b. ☐ C'est une agriculture vivrière à faible rendement destinée à la consommation locale.

c. ☐ Cette agriculture traditionnelle génère un exode rural massif.

Rendez-vous ➔ n° 6

n° 9

➔ *Si tu as répondu c à la question 16, continue le parcours ci-dessous. Sinon, fais un détour par les corrigés page 95 avant de poursuivre ton chemin.*

La naissance du monothéisme juif dans un monde polythéiste

Devant le mur des Lamentations à Jérusalem, un vestige du temple de Salomon, tu réfléchis à l'écriture de la Bible. Retrouve les moments fondateurs de la rédaction de la Bible hébraïque.

a. ☐ Le déluge rattaché au personnage de Noé.

b. ☐ La période du royaume de Judas.

c. ☐ La prise de Jérusalem par les Babyloniens, l'exil à Babylone et le retour à Jérusalem.

Rendez-vous ➔ n° 7

n° 10

➔ *Si tu as répondu a, b, c et d à la question 25, continue le parcours ci-dessous. Sinon, fais un détour par les corrigés page 95 avant de poursuivre ton chemin.*

Comprendre que la laïcité accorde à chacun le droit égal d'exercer son jugement

Un élève refuse de suivre le cours sur la naissance du monothéisme juif et affirme que c'est contraire à la laïcité. Que répond le professeur d'histoire-géographie ?

a. ☐ La laïcité garantit la liberté de conscience ; on peut croire ou ne pas croire.

b. ☐ Aucun sujet n'est exclu d'un questionnement pédagogique.

c. ☐ L'étude de l'histoire de la religion n'implique pas une pratique religieuse obligatoire.

d. ☐ La Charte de la laïcité doit être réexpliquée.

Rendez-vous ➔ n° 31

n° 11

→ *Si tu as répondu b et c à la question 20, continue le parcours ci-dessous. Sinon, fais un détour par les corrigés page 95 avant de poursuivre ton chemin.*

Habiter les littoraux

En survolant les littoraux, tu comprends qu'ils sont vulnérables. Le sud de la presqu'île du Yucatán (Mexique), recouverte de forêt tropicale et ourlée de plages de sable blanc ouvertes sur la mer des Caraïbes, abrite une barrière de corail.

Que penses-tu de ce paysage ?

a. ☐ C'est dommage qu'il n'y ait pas de front de mer en béton.

b. ☐ Cet espace fait partie d'un parc national maritime mexicain et le littoral est protégé.

c. ☐ Pourvu que les touristes respectent le littoral et qu'ils préservent la faune !

Rendez-vous → n° 24

n° 12

→ *Si tu as répondu b à la question 1, continue le parcours ci-dessous. Sinon, fais un détour par les corrigés page 94 avant de poursuivre ton chemin.*

Premiers États, premières écritures

L'Égypte et la Mésopotamie font partie du Croissant fertile. L'écriture y apparaît vers 3300 av. J.-C. et les premières civilisations s'y développent. Associe chaque mot à sa définition.

1. Pictogrammes •
2. Hiéroglyphes •
3. Écriture cunéiforme •
4. Scribe •

• a. Écriture sacrée des Égyptiens
• b. Personne importante de l'administration maîtrisant les techniques de l'écriture
• c. Première forme d'écriture avec dessins stylisés
• d. Écriture en forme de clous ou de coins

Rendez-vous → n° 28

n° 13

→ *Si tu as répondu b à la question 27, continue le parcours ci-dessous. Sinon, fais un détour par les corrigés page 95 avant de poursuivre ton chemin.*

Les métropoles et leurs habitants

Tu es émerveillé(e) par la hauteur des gratte-ciel de Pudong à Shanghai.
D'après toi, quelle fonction de la ville illustrent-ils ?

a. ☐ La fonction résidentielle (habitations)

b. ☐ La fonction culturelle (musées, universités)

c. ☐ La fonction économique (quartier d'affaires, activités de services)

Rendez-vous → n° 18

n° 14

→ *Si tu as répondu b et c à la question 21, continue le parcours ci-dessous. Sinon, fais un détour par les corrigés page 95 avant de poursuivre ton chemin.*

Le monde des cités grecques

Tu admires les temples que les Grecs ont édifiés pour rendre hommage à leurs divinités.

Redonne au portique dorique et au portique ionique le numéro qui lui convient et complète le schéma avec les mots « fût », « architrave », « fronton », « chapiteau » et « frise ».

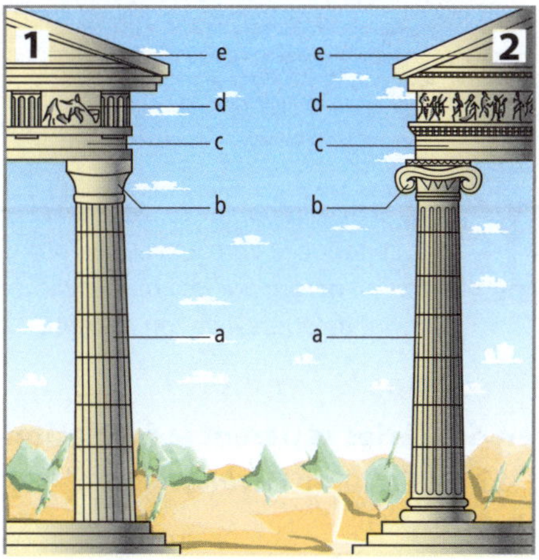

Rendez-vous → n° 5

Bon à savoir

L'ordre dorique est le plus ancien et le plus sobre, l'ordre ionique est plus complexe et plus orné.

n° 15

→ *Si tu as répondu 1a, 2b, 3d, 4c à la question 18, continue le parcours ci-dessous. Sinon, fais un détour par les corrigés page 95 avant de poursuivre ton chemin.*

Habiter un espace de faible densité à vocation agricole

Aux États-Unis, tu survoles le paysage géométrique du Middle West, avec ses champs constitués d'immenses parcelles ensemencées en soja et maïs, ses rares fermes isolées avec leur hangar à machines et, au carrefour de deux grands axes de communication rectilignes, son entreprise de stockage et de commercialisation pour les agriculteurs.

De quel type d'agriculture s'agit-il ?

a. ☐ Une agriculture à rendement très élevé, destinée à la consommation locale.

b. ☐ Une agriculture vivrière à faible rendement, dont la production est destinée à la consommation locale.

c. ☐ Une agriculture productiviste et efficace bien insérée dans le marché mondial, mais avec des conséquences environnementales.

Rendez-vous → n° 8

! Bon à savoir

Plus de 85 % des paysages de la planète sont des paysages ruraux et 48 % de la population mondiale y vit. Il est aussi à noter que 90 % des ruraux habitent dans les pays en voie de développement.

n° 16

→ *Si tu as répondu 1b, 2a, 3a à la question 5, continue le parcours ci-dessous. Sinon, fais un détour par les corrigés page 94 avant de poursuivre ton chemin.*

Se repérer dans le temps

Combien de siècles séparent la fondation de Rome (753 av. J.-C.) de l'avènement d'Auguste (27 av. J.-C.) ?

a. ☐ 5 siècles

b. ☐ 6 siècles

c. ☐ 7 siècles

Rendez-vous → n° 9

n° 17

→ *Si tu as répondu 1b, 2c et 3a à la question 4, continue le parcours ci-dessous. Sinon, fais un détour par les corrigés page 94 avant de poursuivre ton chemin.*

Les relations de l'Empire romain avec les autres mondes anciens

Les Romains admirent les étendards de tissu des Parthes quand ils les combattent en 53 av. J.-C. Sous le règne d'Auguste, ce tissu est apprécié des riches Romaines.

Quel est ce tissu et comment est-il acheminé jusqu'au port romain d'Antioche ?

1. Le lin •	• a. Par la route de la soie depuis la Chine des Hans
2. La soie •	• b. Par voie fluviale depuis la Gaule
3. La laine •	• c. Par voie terrestre depuis l'Europe du Nord

Rendez-vous → n° 2

n° 18

→ *Si tu as répondu c à la question 13, continue le parcours ci-dessous. Sinon, fais un détour par les corrigés page 95 avant de poursuivre ton chemin.*

La ville de demain

Sachant qu'en 2050, plus de deux tiers de l'humanité vivra en ville, tu imagines la ville du futur.

Comment penses-tu qu'elle relèvera les défis suivants ?

1. Accueillir plus d'habitants	☐ a. Construction d'écoquartiers avec mixité sociale
2. Économiser les ressources	☐ b. Usage de technologies captant les énergies renouvelables dans les villes
3. Limiter les déplacements	☐ c. Des fermes urbaines sur le toit des immeubles
4. Assurer l'approvisionnement en nourriture	☐ d. Des transports collectifs électriques
	☐ e. Des villes nouvelles flottantes

Rendez-vous → n° 15

n° 19

→ *Si tu as répondu c à la question 31, continue le parcours ci-dessous. Sinon, fais un détour par les corrigés page 96 avant de poursuivre ton chemin.*

Bravo, tu es arrivé(e) au terme de ce voyage dans le temps ! Tu connais maintenant tes forces et tes faiblesses en histoire, en géographie et en enseignement moral et civique. À tes livres, si tu as plus de 10 réponses fausses. Si, en revanche, tu as moins de 10 questions fausses, tu peux refermer ce cahier avec sérénité. Tu es au point pour ton passage en cinquième !

n° 20

→ *Si tu as répondu a et c à la question 6, continue le parcours ci-dessous. Sinon, fais un détour par les corrigés page 94 avant de poursuivre ton chemin.*

Habiter les littoraux

Au fond de la baie de Nagoya, tu aperçois un espace naturel situé entre deux terre-pleins industrialisés, espace naturel recouvert à marée haute et découvert à marée basse. Les Japonais y ramassent des coquillages et des oiseaux migrateurs s'y posent. Comment expliques-tu l'existence de ce site ?

a. ☐ C'est la « poubelle » à ciel ouvert de Nagoya.

b. ☐ Nagoya a la volonté d'agir pour une gestion durable du littoral.

c. ☐ Nagoya désire améliorer la qualité de vie de ses habitants.

Rendez-vous → n° 11

n° 21

→ *Si tu as répondu a et b à la question 23, continue le parcours ci-dessous. Sinon, fais un détour par les corrigés page 95 avant de poursuivre ton chemin.*

Le monde des cités grecques

Au temps de Périclès au ve siècle av. J.-C., Athènes, à l'apogée de sa puissance, est une cité démocratique. Qu'est-ce que cela signifie?

a. ☐ Tous les habitants d'Athènes participent à la vie politique de la cité.

b. ☐ Tous les habitants d'Athènes participent à la fête des Panathénées.

c. ☐ Tous les habitants d'Athènes peuvent assister à des pièces de théâtre en plein air.

Rendez-vous → n° 14

! Bon à savoir

À partir de 443 av. J.-C., Périclès a été élu 15 fois stratège, et c'est lui qui a ordonné la construction du Parthénon à Athènes.

n° 22

→ *Si tu as répondu a, c et d à la question 24, continue le parcours ci-dessous. Sinon, fais un détour par les corrigés page 95 avant de poursuivre ton chemin.*

La variété des formes d'occupation spatiale dans le monde

Durant ton voyage, tu constates que les Alpes sont très faiblement peuplées, alors que les Andes ont de fortes densités de population, et que la forêt amazonienne est quasiment inhabitée alors qu'à Java, les forêts ont été défrichées et que la population glisse vers les littoraux. D'après toi, à quoi les inégalités de peuplement de la planète sont-elles liées ?

a. ☐ Les inégalités de peuplement s'expliquent uniquement par les conditions naturelles (relief et climat).

b. ☐ Les fortes densités de population reflètent la capacité des populations locales à s'adapter à leur milieu.

c. ☐ Les migrations de population peuvent expliquer de fortes densités.

d. ☐ Les fortes densités existent quand les hommes cultivent suffisamment et qu'ils maîtrisent l'eau et que les communications sont aisées.

Rendez-vous → n° 3

n° 23

➔ *Si tu as répondu a, b et c à la question 28, continue le parcours ci-dessous. Sinon, fais un détour par les corrigés page 95 avant de poursuivre ton chemin.*

Le monde des cités grecques

À Olympie, les Grecs des cités assistent aux fêtes religieuses organisées en l'honneur de Zeus et à des épreuves sportives.

D'après toi, pourquoi ?

a. ☐ Il s'agit d'un sanctuaire panhellénique.

b. ☐ Les Grecs croient en des mythes communs.

c. ☐ Zeus est le seul dieu des Grecs.

Rendez-vous ➔ n° 21

n° 24

➔ *Si tu as répondu b et c à la question 11, continue le parcours ci-dessous. Sinon, fais un détour par les corrigés page 95 avant de poursuivre ton chemin.*

Habiter un espace à fortes contraintes naturelles

Tu survoles les habitations sur pilotis, les canalisations de chauffage, les conduites d'électricité et d'eau aériennes ainsi que l'aérodrome d'Inuvik, une ville située sur les rives de l'océan Glacial Arctique.
Comment expliques-tu ce paysage urbain ?

a. ☐ Il est le résultat d'une adaptation au risque de dégel et d'affaissement du sol.

b. ☐ Il est une réalisation esthétique.

c. ☐ Il est une réponse à la contrainte liée au froid excessif.

d. ☐ Il est fait pour attirer les touristes.

Rendez-vous ➔ n° 22

n° 25

➔ *Si tu as répondu b, c et d à la question 3, continue le parcours ci-dessous. Sinon, fais un détour par les corrigés page 94 avant de poursuivre ton chemin.*

Définir l'égalité en droit

Le droit à l'éducation est inscrit dans la Convention internationale des droits de l'enfant, sûrement affichée dans ta classe.
Quel est le sens de l'article 28 de la Convention ?

a. ☐ La Convention a un caractère obligatoire et l'État à l'obligation d'accueillir tous les enfants à l'école.

b. ☐ L'école de la République étant un service public, elle est obligatoire, gratuite et laïque.

c. ☐ Depuis les années 1960, les écoles sont mixtes et les programmes des garçons et des filles sont les mêmes.

d. ☐ Depuis 2005, la loi prévoit l'accès à l'école la plus proche de leur domicile des enfants handicapés.

Rendez-vous ➔ n° 10

n° 26

➔ *Si tu as répondu 1d, 2a, 3b et 4c à la question 30, continue le parcours ci-dessous. Sinon, fais un détour par les corrigés page 95 avant de poursuivre ton chemin.*

Conquêtes, paix romaine et romanisation

Tu assistes au festival « Les Journées romaines d'Arles » et te souviens qu'Arelate est devenue colonie romaine.
Pourquoi parle-t-on de romanisation pour Arles ?

a. ☐ À cause de la présence de la tour Magne, une ancienne tour gauloise.

b. ☐ À cause de la présence du forum, des thermes et de l'amphithéâtre.

c. ☐ À cause de la présence de la Maison carrée dédiée au culte impérial (Auguste et sa famille).

Rendez-vous ➔ n° 4

! Bon à savoir

La romanisation est la diffusion d'un type de plan ville universel (monuments identiques), l'adoption du mode de vie et de la langue des Romains par les peuples de l'Empire.

n° 27

→ *Si tu as répondu c à la question 29, continue le parcours ci-dessous. Sinon, fais un détour par les corrigés page 95 avant de poursuivre ton chemin.*

Les métropoles et leurs habitants

Tu t'interroges sur la notion de « métropole ». Quelle est la bonne définition ?

a. ☐ Une ville très peuplée.

b. ☐ Une agglomération dominant un espace par des fonctions de commandement.

c. ☐ Une ville de pays développé.

Rendez-vous → n° 13

n° 28

→ *Si tu as répondu 1c, 2a, 3d et 4b à la question 12, continue le parcours ci-dessous. Sinon, fais un détour par les corrigés page 95 avant de poursuivre ton chemin.*

Le monde des cités grecques

Au musée de l'Agora, à Athènes, tu observes des pièces de monnaie grecque, datant du Ier millénaire avant J.-C. Quelles remarques formules-tu ?

a. ☐ Les cités grecques sont des cités-États.

b. ☐ Les cités grecques sont indépendantes les unes par rapport aux autres.

c. ☐ Les cités grecques sont rivales et des guerres les opposent.

Rendez-vous → n° 23

n° 29

→ *Si tu as répondu b à la question 2, continue le parcours ci-dessous. Sinon, fais un détour par les corrigés page 94 avant de poursuivre ton chemin.*

Les métropoles et leurs habitants

Tu survoles une ville. Tu ne vois pas de centre historique, mais des gratte-ciel et des immeubles modernes au pied de collines face à la mer. De l'autre côté de la rue, sur les hauteurs, un espace non structuré ressemble à un campement constitué de cabanes bâties avec des matériaux de récupération. Dans quel type de métropole es-tu?

a. ☐ Une métropole européenne.

b. ☐ Une métropole nord-américaine.

c. ☐ Une métropole de pays pauvre.

Rendez-vous → n° 27

n° 30

→ *Si tu as répondu b à la question 7, continue le parcours ci-dessous. Sinon, fais un détour par les corrigés page 94 avant de poursuivre ton chemin.*

Conquêtes, paix romaine et romanisation

Durant la paix romaine (Ier et IIe siècles), les empereurs, qui sont des bâtisseurs, font de Rome l'*urbs* la plus belle du monde. Redonne à chaque bâtiment son usage.

1. L'amphithéâtre •	• a. Célébrer les exploits des empereurs
2. L'arc de triomphe •	• b. Les bains publics
3. Les thermes •	• c. L'espace réservé aux courses de chars
4. Le cirque •	• d. L'espace réservé aux combats de gladiateurs

Rendez-vous → n° 26

n° 31

→ *Si tu as répondu a, b, c et d à la question 10, continue le parcours ci-dessous. Sinon, fais un détour par les corrigés page 95 avant de poursuivre ton chemin.*

Comprendre les notions de droits, de devoirs et de règles et les appliquer

Toi et tes parents lisez et signez le règlement intérieur du collège dans ton carnet de liaison. Qu'est-ce que le règlement intérieur du collège ?

a. ☐ C'est tout ce qu'il est permis de faire dans une collectivité humaine.

b. ☐ C'est une obligation morale.

c. ☐ C'est le document définissant l'ensemble des règles de vie de l'établissement et fixant les droits et les devoirs de chaque membre de la communauté.

d. ☐ C'est une règle de droit écrite par le législateur, d'une portée générale et impersonnelle, et qui s'applique à tous.

Rendez-vous → n° 19

Quiz-bilan
Histoire-Géo – EMC

1 Où et quand l'écriture est-elle apparue ?

a. ☐ En Mésopotamie, au IVe millénaire avant Jésus-Christ
b. ☐ En Mésopotamie, au IVe siècle avant Jésus-Christ
c. ☐ En Mésopotamie, au IVe siècle

2 Au Ve siècle av. J.-C., pourquoi la cité d'Athènes est-elle une démocratie ?

a. ☐ Elle est gouvernée par tous les habitants de la cité.
b. ☐ Elle est gouvernée par les citoyens et les métèques.
c. ☐ Elle est gouvernée par les citoyens de la cité.

3 Quel personnage soumet la Gaule en 52 av. J.-C. et en fait une province romaine ?

a. ☐ Jules César
b. ☐ Octave Auguste
c. ☐ Trajan

4 Qui est le premier empereur romain ?

a. ☐ Jules César
b. ☐ Octave Auguste
c. ☐ Trajan

5 Quand l'écriture de la Bible commence-t-elle ?

a. ☐ Au Xe siècle av. J.-C.
b. ☐ Au VIIIe siècle av. J.-C.
c. ☐ Au Ve siècle av. J.-C.

6 Qu'est-ce que l'équateur ?

a. ☐ Une ligne imaginaire reliant le pôle Nord au pôle Sud
b. ☐ Une ligne imaginaire coupant la Terre en deux parties égales, appelées « hémisphères »
c. ☐ Un État d'Amérique du sud

7 Quelles sont les informations justes concernant la répartition des hommes sur la Terre ?

a. ☐ Un habitant sur deux de la planète habite en ville.
b. ☐ L'hémisphère Sud regroupe 90 % des hommes de la planète.
c. ☐ 60 % des hommes vivent à moins de 20 kilomètres des côtes.

8 Quel est l'intrus parmi ces villes-monde ?

a. ☐ Tokyo
b. ☐ New York
c. ☐ Le Caire

9 Quel est l'intrus parmi ces régions très faiblement peuplées de la planète ?

a. ☐ L'Asie de l'Est
b. ☐ Le Sahara
c. ☐ La Sibérie

10 Quelle est la sanction disciplinaire glissée parmi ces punitions scolaires ?

a. ☐ Le devoir supplémentaire accompagné d'une retenue
b. ☐ L'excuse publique orale
c. ☐ Le blâme

11 Quel est l'intrus parmi ces grands textes officiels ?

a. ☐ La Déclaration des droits de l'homme et du citoyen
b. ☐ La Déclaration universelle des droits de l'homme et du citoyen
c. ☐ La Convention internationale des droits de l'enfant

Réponses : 1. a – 2. c – 3. a – 4. b – 5. b – 6. b – 7. a, c – 8. c – 9. a – 10. c – 11. b

Résultat

...... /11

Corrigés

Séquence 1

▶ Français .... p. 4-5

1 La scène se passe dans une cabane au milieu d'une forêt. Les personnages sont Zoé et une sorcière.

2 Le passé simple : actions ponctuelles qui font progresser le récit. L'imparfait : actions d'arrière-plan, descriptions.

3 **1.** Cette préparation : COD ; à deux gros chats : COS.
2. de la présence : COI ; de la petite fille : COS.

4 **1.** gros/petits ;
2. fois/foies ; chats/chas ;
3. apercevoir/voir (autre réponse possible : rapetisser/devenir petits).

5 **1.** un balai neuf ; le tour du monde en quatre-vingts jours ; **2.** un baiser ; au crapaud ; **3.** de chair fraîche ; **4.** les confiseries et les gâteaux ; à partir ; **5.** aux dames ; avec la Bête.

6 **1. → c. ; 2. → e. ; 3. → a. ; 4. → b. ; 5. → d.**

7 **1. → b. ; 2. → c. ; 3. → a.**

8

E	S	P	E	R	A
T	R	U	I	X	I
O	U	B	L	I	A
N	G	L	U	S	E
N	U	I	T	A	U
A	S	A	G	I	S

▶ Maths .... p. 6-7

1

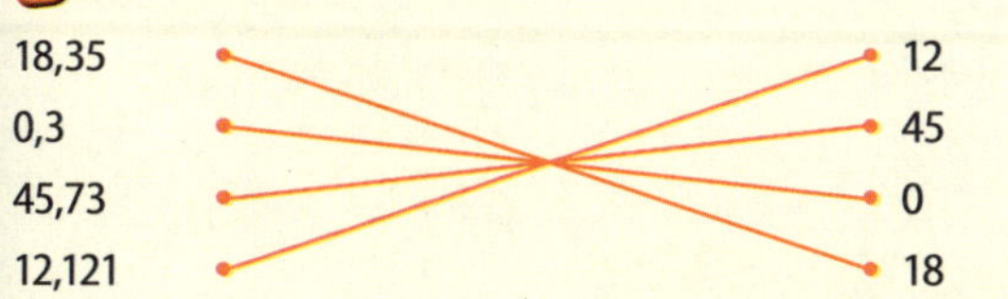

2

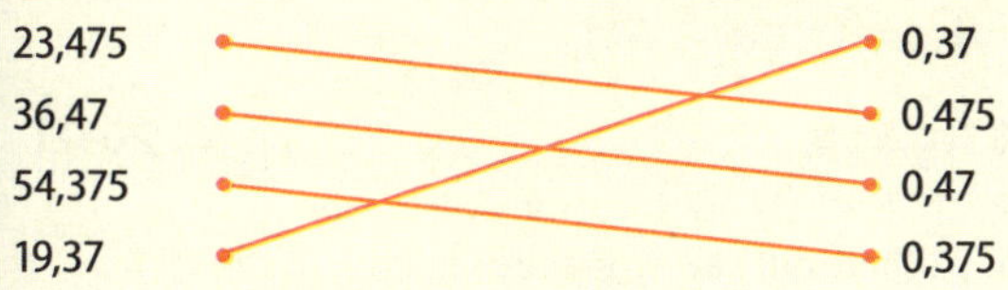

3 25,0375 < 25,3075 < 25,3705 < 25,375.

4 127,473 > 127,4703 > 127,4073 > 127,0473.

5 25 ; 1 ; 157.

6

	Vrai	Faux
0 est un nombre entier.	☑	☐
12,4 est un nombre décimal.	☑	☐
Tous les nombres décimaux sont des nombres entiers.	☐	☑
Tous les nombres entiers sont des nombres décimaux.	☑	☐

7 1789.

8

2	2	8
4	4	4
6	6	0

Somme 12

4	6	6
5	6	5
7	4	5

Somme 16

▶ Anglais .... p. 8

1 **1.** Wrong ; **2.** Right ; **3.** Wrong.

2 **1.** has got ; **2.** is ; **3.** has got ; **4.** is.

3 **1.** live ; **2.** lives ; **3.** live ; **4.** live ; **5.** lives.

▶ Physique-Chimie .... p. 9

1 lait – air – fer – aluminium – eau de mer – eau distillée

2 La décantation – la filtration

3 Dangereux pour l'environnement.

4 Les matières naturelles : laine – eau – fer – cuivre – lin
Les matières artificielles : nylon – polystyrène

5 **1.** Les constituants de la boue : eau + terre.
2. Le constituant le plus lourd est la terre.
3. La méthode de séparation est la décantation.

Séquence 2

▶ Français .... p. 12-13

1 **1.** Sens propre : son chat noir ; sens figuré : pas un chat ; un chat dans la gorge ; ils avaient bien d'autres chats à fouetter : je donne ma langue au chat.

2 **1. → c. ; 2. → a. ; 3. → d. ; 4. → b.**

3 **a.** À ; a ; a ; à ; **b.** a ; a ; **c.** à ; À ; as ; à ; à ; **d.** À ; a.

4 **a.** ou ; **b.** où ; ou ; ou **c.** où.

5 **1.** finirais ; **2.** courrais ; **3.** auriez ; **4.** abriterais ; **5.** jouerait ; **6.** viendrions ; **7.** voudrions ; **8.** iriez.
Le nom de la sorcière est Carabosse.

6 existeraient – aurait – parleraient – pourrions – feraient – limeraient – porteraient.

7 Ce dessin illustre l'expression « casser les pieds ». Cela signifie « ennuyer », « importuner ».

Corrigés détachables

▶ Maths .... p. 14-15

1

1.
```
   4 5 , 5 9
 + 2 6 , 2 3
 -----------
   7 1 , 8 2
```
2.
```
   3 6 , 0 7
 + 4 7 , 5 5
 -----------
   8 3 , 6 2
```
3.
```
   5 2 , 2 7
 + 2 3 , 4 1
 -----------
   7 5 , 6 8
```

2

1.
```
   5 1 , 6 8
 - 2 3 , 2 2
 -----------
   2 8 , 4 6
```
2.
```
   6 1 , 7 9
 - 2 6 , 4 7
 -----------
   3 5 , 3 2
```
3.
```
   9 2 , 4 8
 - 7 5 , 1 3
 -----------
   1 7 , 3 5
```

3

26,358 + 12,59	38,938
24,536 + 14,402	38,928
17,23 + 21,698	38,918
7,038 + 31,88	38,948

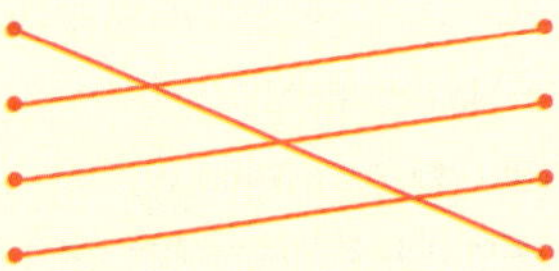

4

36,267 – 12,59	23,667
57,023 – 33,356	23,657
43,01 – 19,353	23,677
35 – 11,523	23,477

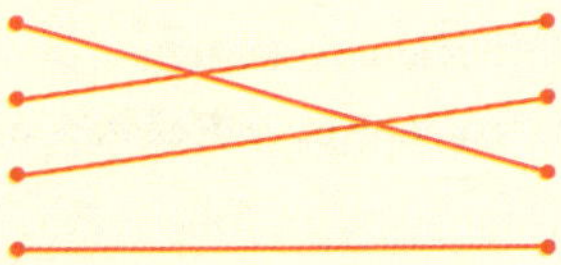

5 20 – (3,60 + 8,40 + 7,50) =
20 – (19,50) = 0,50
Il reste à Théo 0,50 €.
0,50 + 1,20 = 1,70
Le prix de la brioche est de 1,70 €.

6

	Produits
8 × 7	56
43 × 11	473
25 × 8	200

7

	91		
	48	43	
26	22	21	
14	12	10	11

	97		
	50	47	
23	27	20	
7	16	11	9

La pyramide dont le sommet est supérieur à 95 est donc la deuxième.

▶ Anglais .... p. 16

1 **1.** Clooney ; **2.** May 6th ; **3.** Batman ; **4.** *Ocean's Eleven.*

2 sometimes ; everyday ; often ; never.

3 It's Wednesday.

▶ Techno .... p. 17

1 dessin – usinage – assemblage – contrôle qualité – commercialisation

2 Un cartouche est une zone sur le dessin dans laquelle on trouve toutes les informations relatives à l'objet et sa représentation.

3 **1.** Arête cachée – **2.** Arête vue.

4 **1.** Le titane est un métal qui présente de nombreuses caractéristiques intéressantes, en particulier sa légèreté.
2. Le titane possède une faible densité (les pièces sont plus légères). Il résiste à la corrosion et aux vibrations.

Séquence 3

▶ Français .... p. 20-21

1 **1.** Adjectif épithète qui s'accorde avec « voix ».
2. Adjectif épithète qui s'accorde avec « nef ».
3. Adjectif épithète qui s'accorde avec « voix ».

2 **1.** amoureuse ; vaillant ; enchantée.
2. inquiets.
3. harmonieuses ; ensorceleuses.
4. brisées.
5. oublieux.

3 **1. → b. ; 2. → b. ; 3. → a.**

4 **1.** chronomètre ; chronologie ; chronique.

2. hydrater ; hydrophile ; hydrocution ; hydromel.

5 **1. a.** hippodrome ; **b.** hippique. **2. a.** rhinocéros ; **b.** rhinite.

3. a. anthropophage ; **b.** philanthrope.

6 **1.** Pénélope ; **2.** Nausicaa ; **3.** Circé ; **4.** Calypso ; **5.** Polyphème ; **6.** Télémaque ; **7.** Sirènes.

▶ Maths .... p. 22-23

1 **1.** Vrai ;

2. Faux ;

3. Faux ;

4. Vrai.

2 **1. a. ; b. ; e.**

2. a. ; c. ; d. ; f.

3. b. ; d.

4. a. ; b. ; c. ; d. ; e. ; f.

3 **1.** 18 → 36 ; 27 → 54 ; 34 → 68 ; 45 → 90 ; 50 → 100.

2. 7 → 21 ; 21 → 63 ; 27 → 81 ; 33 → 99 ; 41 → 123.

3. 16 → 8 ; 24 → 12 ; 36 → 18 ; 48 → 24 ; 58 → 29.

4. 18 → 6 ; 27 → 9 ; 33 → 11 ; 45 → 15 ; 60 → 20.

4

		2	3	4
×			7	8
	1	8	7	2
1	6	3	8	0
1	8	2	5	2

Mot mystère :

C	H	A	M	P	I	O	N

5

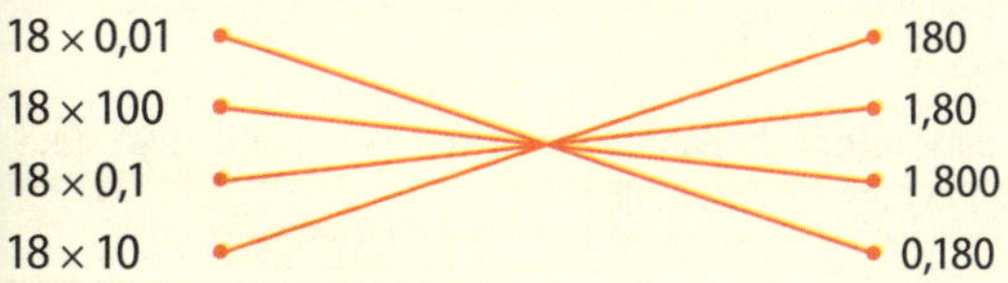

6

8	3	4
1	5	9
6	7	2

3	14	8	17
16	9	11	6
13	4	18	7
10	15	5	12

▶ Anglais .... p. 24

1 **1.** 1999. **2.** 30. **3.** 25.

2 **1. → d. ; 2. → a. ; 3. → b. ; 4. → c.**

3 **1.** There are.

2. there is ; there is ; there is.

3. There are

▶ SVT .... p. 25

1 **1.** pétale ; **2.** sépale ; **3.** tige ; **4.** pistil ; **5.** étamine ; **6.** ovule.

2 **1.** concombre ; **2.** cerises ; **3.** melon ; **4.** tomate ; **5.** carotte ; **6.** fraise.
Seule la carotte ne contient pas de graines et n'est donc pas un fruit.

Séquence 4

▶ Français .... p. 28-29

1 dévorera ; enfermera ; erreront ; tuerai ; dérouleras ; retrouveras. Radical modifié : recevra (recevoir).

2 je → AI ; tu → AS ; elle/il → A ; nous → ONS ; vous → EZ ; elles/ils → ONT.

3 **1.** ira ; **2.** recevra ; aidera **3.** se joueront ; parviendront ; **4.** sourira ; finira ; mourront ; frappera.

4 **1.** experte en magie ;
2. amoureuse de Narcisse ;
3. le plus haut sommet de Grèce ;
4. site merveilleux.

5 **1.** Les Centaures sont des hommes qui ont un corps de cheval à partir de la taille. **2.** Les déesses passent pour coléreuses. **3.** Quand ils prirent la mer, les Argonautes étaient pleins d'espoir, mais effrayés.

6 **1.** sont ; **2.** son ; sont ; **3.** son ; **4.** sont ; **5.** son.

7 C'est l'homme : bébé, il marche à quatre pattes, ensuite, il marche sur deux jambes, puis, une fois vieux, il se déplace à l'aide d'une canne.

▶ Maths .... p. 30-31

1

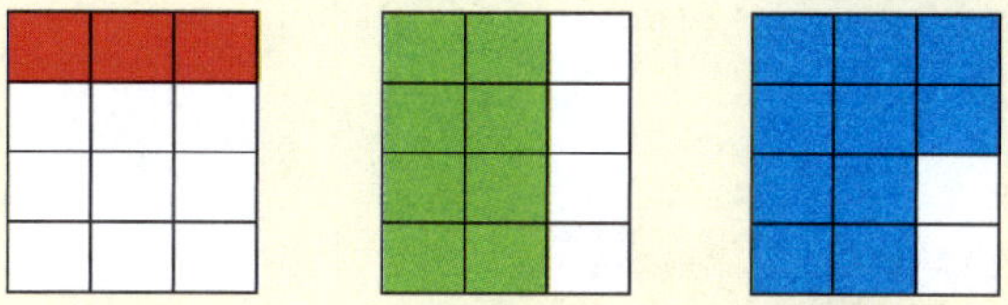

Figure 1 Figure 2 Figure 3

2

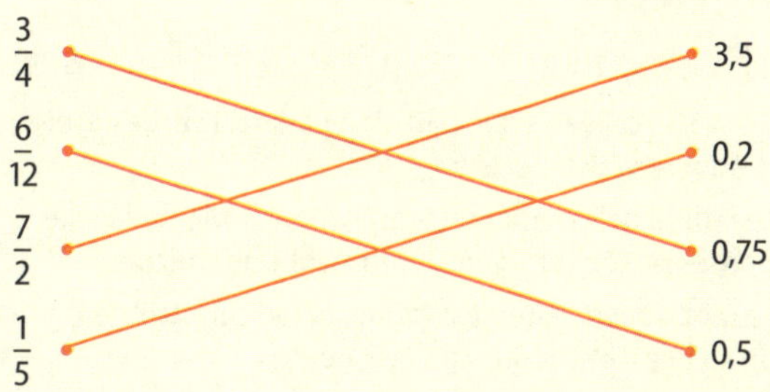

Corrigés détachables

3 Je choisis 2 ; $2 \times 2 = 4$; $4 + 4 = 8$; $8 \times \frac{3}{2} = 12$; $12 - 3 \times 2 = 6$.
Je choisis 5 ; $5 \times 2 = 10$; $10 + 4 = 14$;
$14 \times \frac{3}{2} = 21$; $21 - 3 \times 5 = 6$.
Je choisis 10 ; $10 \times 2 = 20$; $20 + 4 = 24$; $24 \times \frac{3}{2} = 36$; $36 - 3 \times 10 = 6$.
Je choisis 15 ; $15 \times 2 = 30$; $30 + 4 = 34$;
$34 \times \frac{3}{2} = 51$; $51 - 3 \times 15 = 6$.
On obtient toujours 6.

4 L'intrus est $\frac{14}{22}$.

5

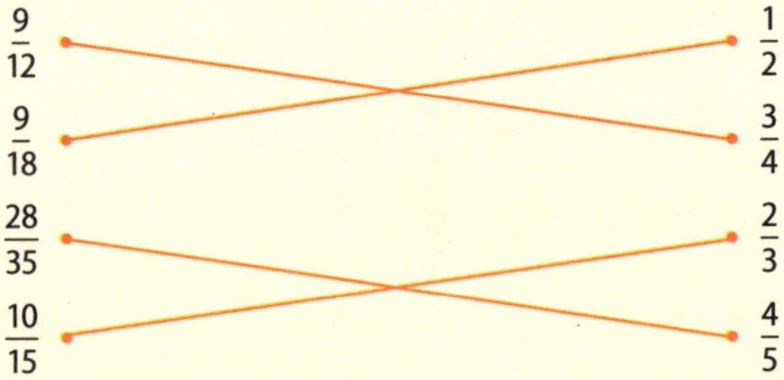

6 **1.** Vrai ; **2.** Faux ; **3.** Vrai ; **4.** Vrai **5.** Vrai ; **6.** Faux.

7 **1.** $\frac{1}{4}$; **2.** $\frac{1}{6}$; **3.** $\frac{1}{2}$; **4.** $\frac{3}{4}$; **5.** $\frac{1}{2}$.

▶ Anglais .... p. 32

1 **1.** was – **2.** wrote

2 **1.** Wrong – **2.** Wrong – **3.** Right – **4.** Wrong.

3 **1.** Hercule Poirot was travelling on the Orient Express.
2. In the morning, the crime was discovered.
3. There were twelve suspects.

▶ Physique-Chimie .... p. 33

1 Un sprinter qui parcourt 100 m en 10 secondes a une vitesse de 10 m/s. Un cycliste qui parcourt 3 km en 6 minutes a une vitesse de 8,3 m/s environ. C'est le sprinter qui va le plus vite.

2 Le mouvement de ce manège est circulaire.

3 Pour décoller un avion de ligne doit atteindre une vitesse de 250 km/h.

4 Une voiture qui met 36 secondes pour parcourir un kilomètre à une vitesse moyenne de 100 km/h.

Séquence 5

▶ Français .... p. 36-37

1 **1.** Ici, « scellée » est le participe passé du verbe « sceller », formé sur le radical « sceau ».

2. Le radical de « surmontée » est « mont ». Même famille (réponses possibles) : monter, montagne, monticule.

3. Le mot « bandelette » est formé du radical « bande » et du suffixe « ette », qui signifie « petite ».

4. Le participe passé « appliquées » s'accorde avec « couleurs » et avec « les », mis pour « couleurs », car le COD est placé avant le participe.

2 émerveillé – encaissée – formées – jalonné – édifiées – restées – ignorées – allé – enterrés – restés.

3 **1.** entrés ; **2.** dépêchés ; couché ; **3.** émerveillés ; gravés ; **4.** disposé ; **5.** restés.

4 **1.** grandeur ; petitesse ; tranquillité ; méchanceté. **2.** rudesse ; amertume ; raideur ; étrangeté ; **3.** gentillesse ; difficulté ; complicité ; aigreur.

5 Exemples de réponses : recharger ; revenir ; redire ; refaire ; convenir ; surcharger ; survenir ; surfaire ; provenir ; prévenir ; prédire ; médire ; décharger ; dédire ; défaire.

6 Réponses possibles : une fleur → fleurir ; fleuriste ; floral ; floraison ; la mer → marée ; marin ; mareyeur ; marinier ; marine ; un arbre → arbuste ; arbrisseau ; arboricole ; arboré.

▶ Maths .... p. 38-39

1 **1. a.** ; **2. a.** ; **3. b.**

2

3	5	8	**12**	17	**20**	**25**
7,5	**12,5**	20	30	**42,5**	50	62,5

3 **1.**

	Plage des Lilas	Plage des Bleuets	Plage des Coquelicots	Plage des Narcisses
Distance carte	7,5 cm	4,8 cm	6,9 cm	8,7 cm
Distance réelle	**1 500 m**	**960 m**	**1 380 m**	**1 740 m**

2. La plage des Bleuets est la plus proche : elle est située à 960 m de chez Juliette et Rémi.

4

	Chapeaux chinois	Couteaux	Coques	Coquilles d'huîtres	Total
Pourcentage	20 %	10 %	30 %	**40 %**	100 %
Nombre	**12**	**6**	**18**	**24**	**60**

5 Réponse **3.**

6 Si les dimensions du bateau ont été divisées par deux, il nous faut réaliser le bateau à l'échelle ½.

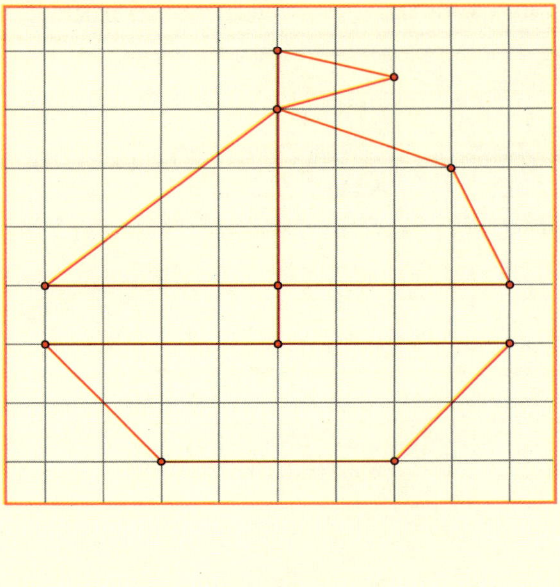

7 A × B et C × D sont égaux.
Explication : C = A + 25 % de A = 1,25 × A

D = B – 20 % de B = 0,8 × B donc :
C × D = 1,25 × A × 0,8 × B = 1,25 × 0,8 × A × B = A × B.

▶ Anglais .... p. 40

1 **1.** released; **2.** was; **3.** declared; **4.** could; **5.** couldn't.

2 intelligent → silly ; female → male ; little → big ; great → horrible.

3 **1.** Her name → his name – **2.** His school → her school.

▶ SVT .... p. 41

1 Chevreuil : phytophage ; cochon : omnivore ; loup : zoophage ; brochet : piscivore.

2 **1.** Le chien n'est pas phytophage.

2. La flore n'est pas un régime alimentaire.

3. La matière minérale ne fait pas partie du vivant.

3 Végétaux verts → souris → serpent → vautour.

Végétaux verts → chèvre → chacal → lion.

Végétaux verts → lapin → lion.

Séquence 6

▶ Français .... p. 44-45

1 C'est un présent d'actualité.

2 C'est un présent de vérité générale : Patricia décrit les habitudes des Masaï.

3 **1.** vois ; **2.** nageons ; **3.** peut ; **4.** voguons ; **5.** voulez ; **6.** faites.

4 **1.** Présent d'actualité ; **2.** Présent de vérité générale ; **3.** Présent de vérité générale ; **4.** Présent d'actualité.

5 **1.** On ; ont ; **2.** On ; **3.** on ; **4.** on.

6
Nous avons rencontré Agathe lors du safari.
La gagnante du concours est Agathe.
Agathe nous rejoindra à la plage.
Virgile a offert une statuette à Agathe.

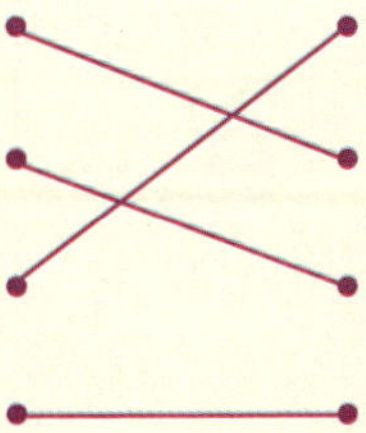

Sujet
COD
Attribut du sujet
COS

7 Verbes à colorier : je fais ; ils disent ; il dit ; vous allez ; il pue ; je lie ; nous voulons.

▶ Maths .... p. 46-47

1 **a.** 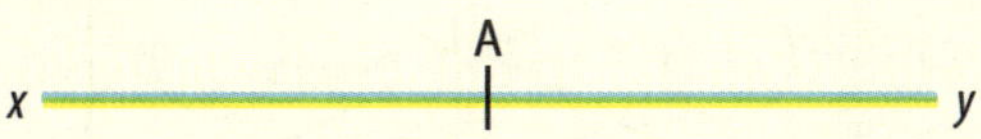

b. 

c. 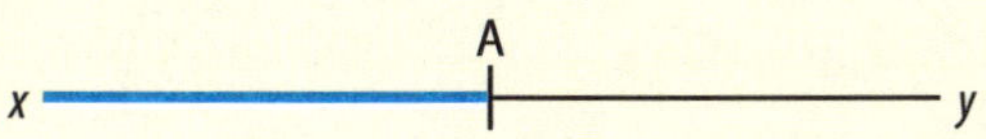

d. 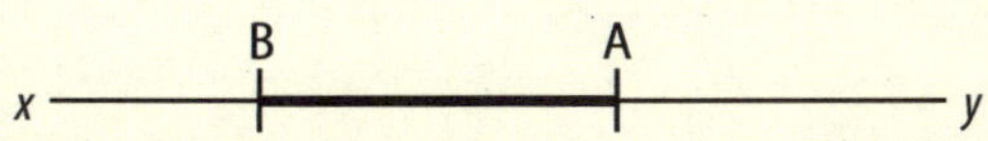

2 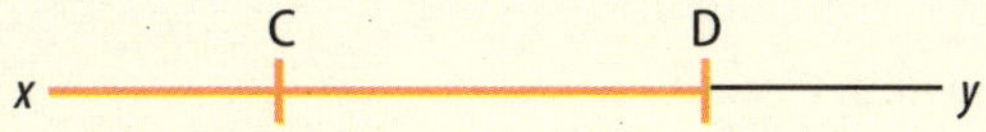

[Dx) est une demi-droite.

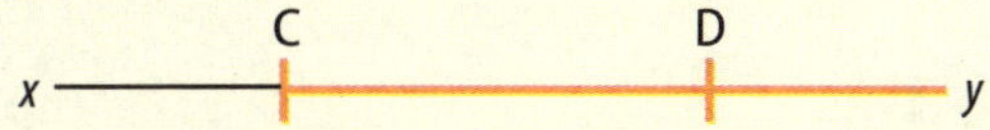

[Cy) est une demi-droite.

[CD] est un segment.

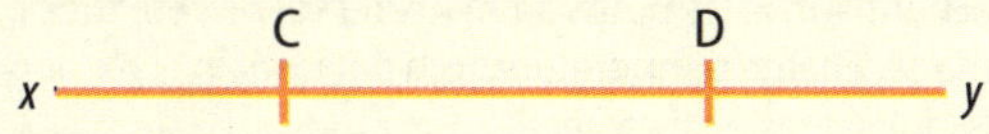

(xy) est une droite.

3 **1. a.** ; **2. b.** ; **3. b.** ; **4. b.** ; **5. b.** ; **6. a.**

4 **1.**

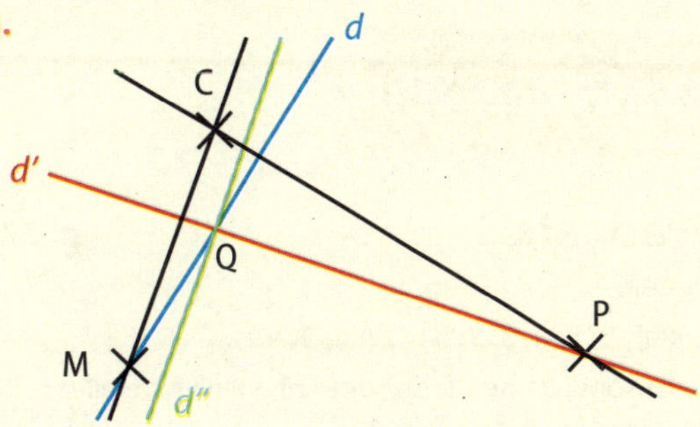

2. Les droites (MC) et (d'') sont parallèles.

5 **1.** Faux ; **2.** Vrai ; **3.** Vrai ; **4.** Faux.

6

B	P	Q	P	C	F	H	J	J	L
O	D	A	E	B	E	U	T	E	L
P	R	D	R	C	E	R	Y	B	I
I	O	H	P	A	A	E	C	U	M
N	I	I	E	T	L	D	A	L	F
T	T	B	N	K	I	L	U	H	E
E	E	R	D	T	G	G	E	I	T
R	A	R	I	O	N	A	V	L	H
S	D	E	C	A	E	R	U	B	E
E	P	I	U	X	N	M	E	R	O
C	O	E	L	I	A	G	P	T	R
T	N	T	A	O	R	L	L	S	E
I	C	V	I	M	I	A	D	E	M
O	E	O	R	E	M	T	R	A	E
N	U	A	E	M	I	L	I	E	U

▶ Anglais .... p. 48

1
Who's in the classroom?
What is everybody doing?
Why are they doing this?

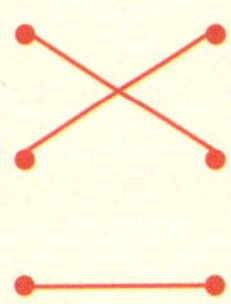

Everybody is covering under the tables.
The teacher and the pupils.
Because the earth is shaking.

2 Réponse **3.**

3 San Francisco, Los Angeles

▶ SVT .... p. 49

1 Épluchures de légumes, écorces d'oranges, cartons d'emballage, mouchoirs en papier.

2 Échantillon A : Ce sont les petits animaux du sol qui ont décomposé la feuille (matière organique).

Dans l'échantillon B, les petits animaux du sol ont été tués par le chauffage à haute température. Ils n'ont donc pas pu dégrader la feuille qui est restée intacte.

Séquence 7

▶ Français .... p. 52-53

1 <u>Va</u>-t'en.

2 **1.** Vrai ; **2.** Vrai ; **3.** Vrai ; **4.** Vrai ; **5.** Vrai.

3 **1.** dansons ; danse ; **2.** dis ; dites ; **3.** veuille ; veuillez ; **4.** soyez ; soyons ; **5.** fais ; faisons.

4 **1.** celle-ci ; **2.** celles-là ; **3.** celle-ci ; **4.** ceux-ci ; **5.** celles-là.

5 **1.** leurs ; **2.** leurs ; **3.** leur ; **4.** leur ; **5.** leurs, leur ; **6.** Leur, leur ; **7.** leurs ; **8.** leur, leur.

6 **1. b.** ; **2. a.** ; **3. b.**

7 **a.** la grenouille ; **b.** la cigogne ; **c.** la fourmi ; **d.** le loup.

▶ Maths .... p. 54-55

1 Le cube possède 13 axes de symétrie.

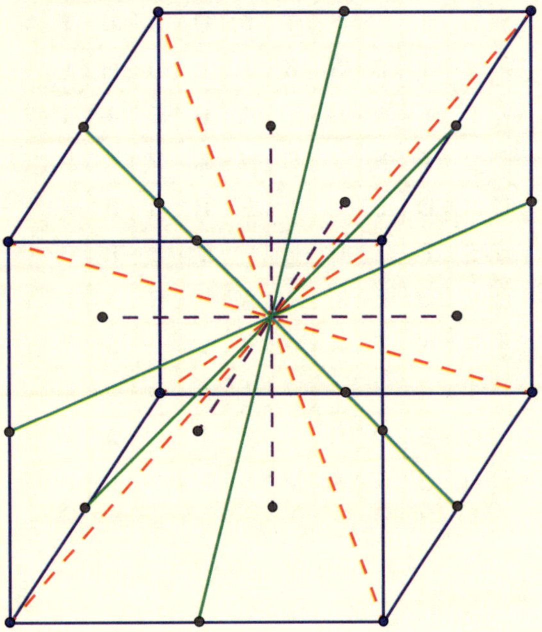

- - - - 3 axes reliant les centres de deux faces opposées

- - - - 4 axes reliant deux sommets opposés

—— 4 axes reliant les milieux de deux arêtes opposées

2

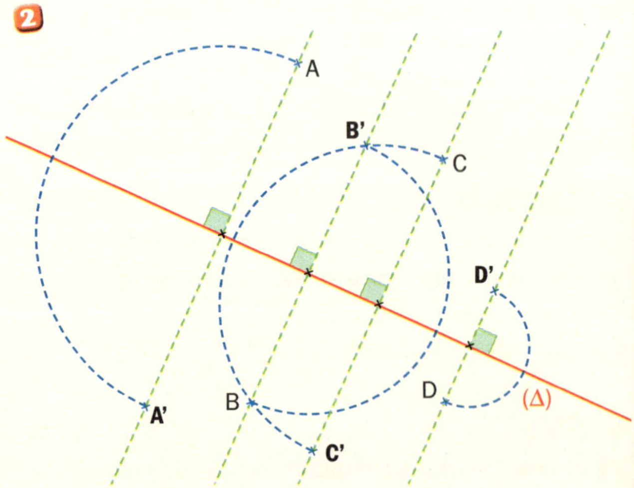

3

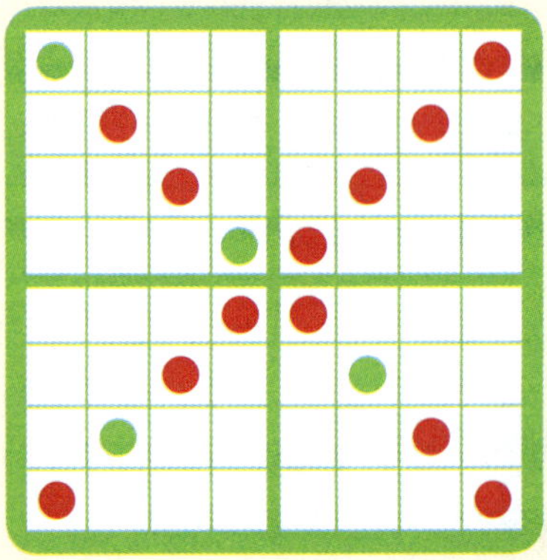

4

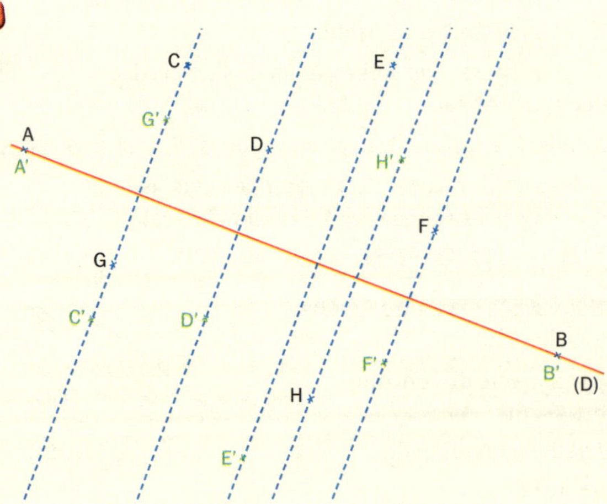

5

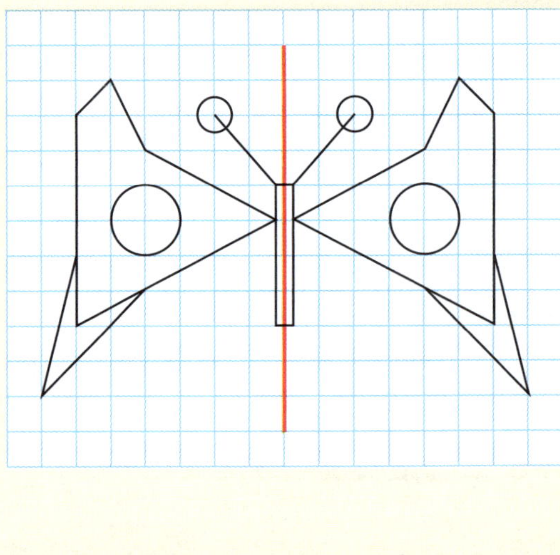

6

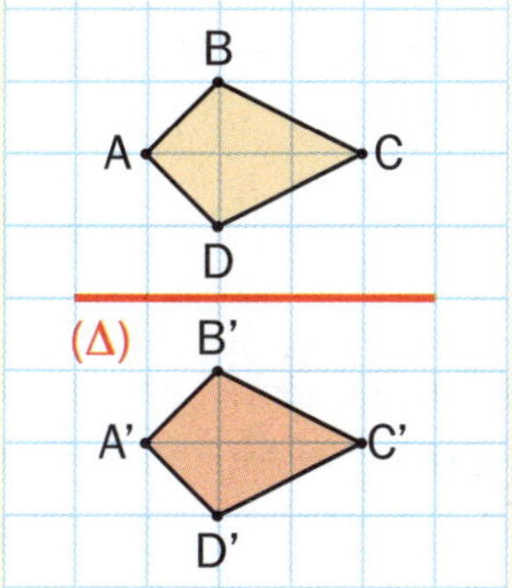

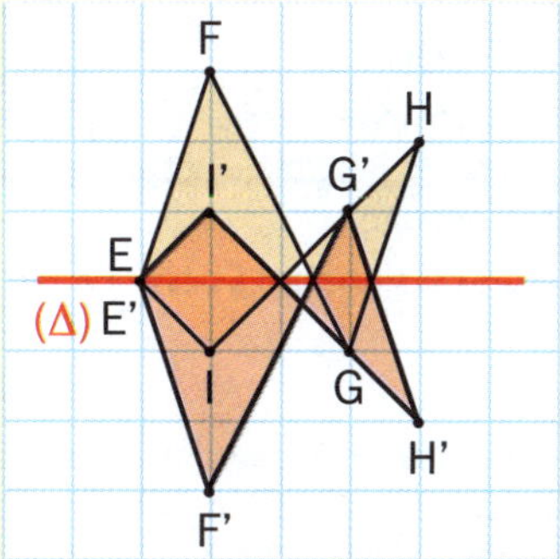

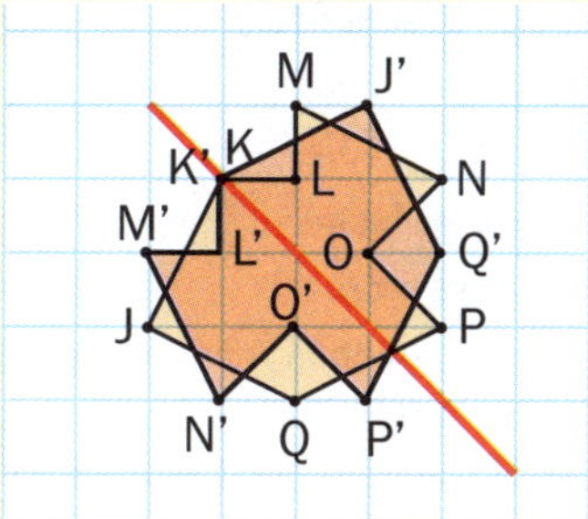

► Anglais .... p. 56

1 1. ; 2. ; 4.

2 1. Vrai ; 2. Vrai ; 3. Faux ; 4. Vrai.

3 1. can't; 2. can; 3. can't; 4. can.

► Physique-Chimie .... p. 57

1 Sources d'énergie renouvelable : solaire, vent, marées, courants marins.

2 L'unité d'énergie utilisée sur ces factures est le kilowattheure.

3 Le nombre de Joules pour 1 calorie est $\frac{734}{177} \approx 4{,}15$ environ.

4 1. Petit-déjeuner : 373 ; déjeuner : 790 ; dîner : 471.
Total : 1 634.

2. Ces menus sont conseillés pour un adulte en activité.

Séquence 8

► Français .... p. 60-61

1 1. Le bœuf est vraiment très doué.

2 Oui, on peut remplacer tous les « et » du texte par « et puis ».

3 1. et ; et ; 2. est ; et ; 3. est ; 4. est ; et ; 5. est ; et.

4 1. Le canard s'est enrhumé en barbotant dans l'eau glacée de la mare. 2. Le bœuf a appris à lire quand il était petit.
3. Marinette s'est foulé la cheville près de la mare. 4. Le loup a séduit Delphine grâce à ses beaux discours.

5 <u>ça discute sec</u> ; <u>le destrier</u> ; <u>se la joue</u> ; <u>le baudet</u> ; <u>ne pige rien</u> ; <u>peinarde</u> ; <u>la gallinacée</u>.

6 Langage familier.
Proposition de réponse : La souris avait tellement peur qu'elle ne chercha pas à s'enfuir. Elle dit :
« Mon ami le chat, laisse-moi partir ! Je suis une toute petite souris et je me suis perdue…
– Mais j'ai faim ! répondit le chat. Il faut bien que je me nourrisse ! »

7 Aujourd'hui, chasse au cerf STOP Fuite du cerf à travers bois STOP Arrivée du cerf dans la ferme STOP Interrogatoire du chat par les chasseurs STOP Mensonge du chat aux chasseurs STOP Arrêt de la poursuite FIN

8

A	L	O	U	P	A	P	E
C	O	C	H	O	N	O	T
H	I	S	O	U	R	I	S
A	N	E	X	L		E	O
T	A	O	C	E	R	F	I

► Maths .... p. 62-63

1 1. Rectangle ;
2. Losange ;
3. Carré ;
4. Triangle rectangle ;
5. Triangle rectangle et isocèle.

2

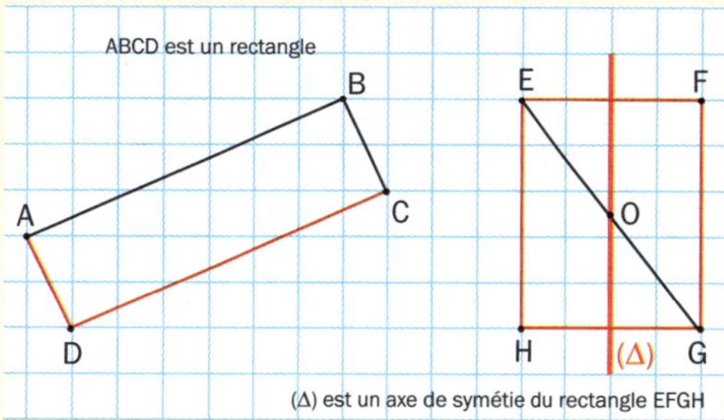

Corrigés détachables

3

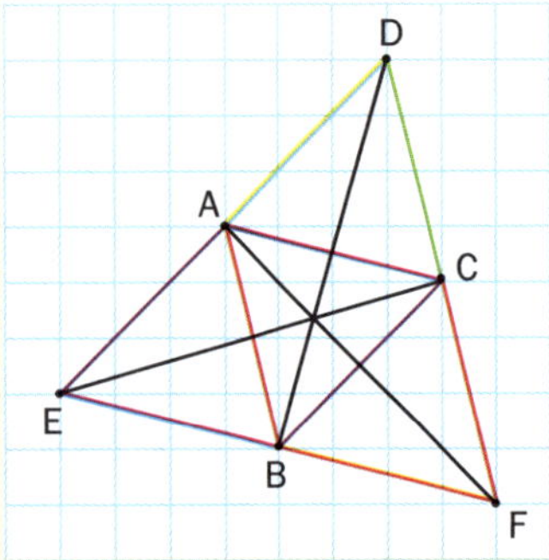

4

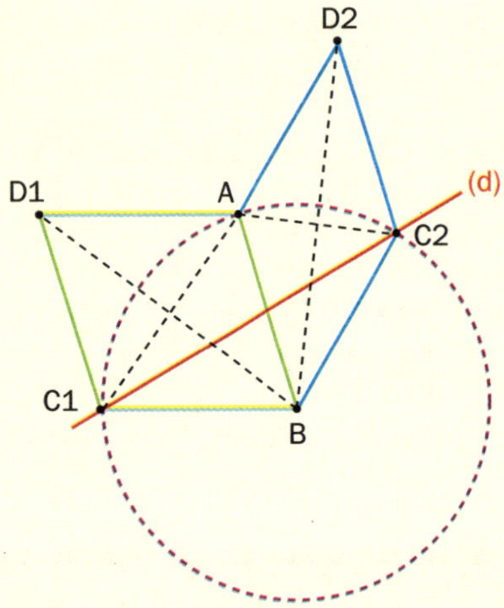

5

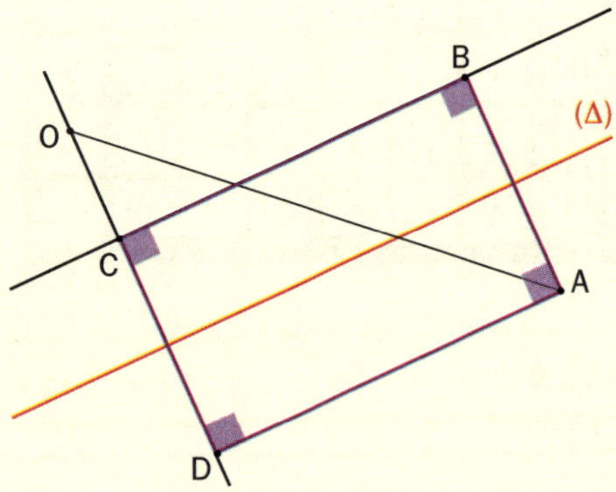

6

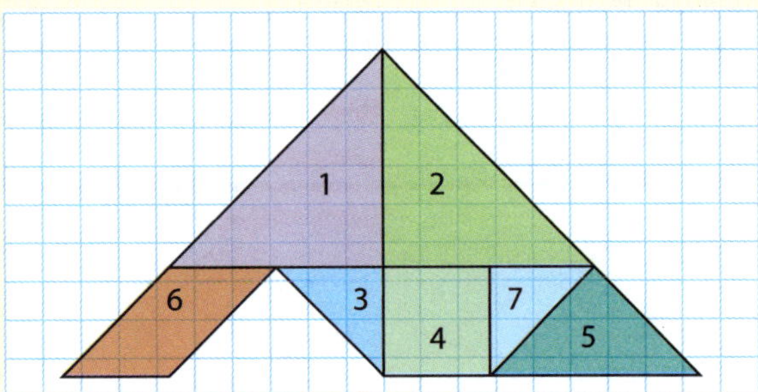

▶ Anglais .... p. 64

1 **1.** footprint; **2.** carbon; **3.** quantity; **4.** environment; **5.** to reduce.

2 **1.** leave; **2.** recycles; **3.** Does, take; **4.** go, drives.

3 mean → means.

▶ SVT .... p. 65

1 Le pain de Chloé (A), préparé avec la levure, est plus gonflé que le pain de Pauline (B).

2 **1.** Vrai ; **2.** Vrai ; **3.** Faux.

Séquence 9

▶ Français .... p. 68-69

1 **1.** Il s'agit de l'Antiquité.

2. vestiges antiques, colonnes, arcs de triomphe, ruines des forums, anciens Romains, République et Empire. Il s'agit du champ lexical de l'Antiquité.

3. Au fur et à mesure que le temps a passé. Le mot « fil » est ici employé au sens figuré.

4. Fonder.

2 Il faut souligner : New York, quartier, lumières et théâtres de Broadway, Wall Street, immeubles de Harlem, enseignes, Ve Avenue, boutiques de Chinatown, sirène, rues, urbain.

3 **1. a.** Sens propre ; **b.** Sens figuré.

2. a. Sens propre ; **b.** Sens figuré.

3. a. Sens figuré ; **b.** Sens propre.

4. a. Sens propre ; **b.** Sens figuré.

5. a. Sens figuré ; **b.** Sens propre.

4 **a.** stock ; déchirure ; émotion ; détachement ; attraction ; démolition ; explosion ; protection.

5 **1.** Conservation de nombreux tableaux de Van Gogh à Amsterdam. **2.** Destruction du mur de Berlin. **3.** À Madrid, visite du musée du Prado tous les jours de la semaine. **4.** À Rio, organisation annuelle d'un concours de samba. **5.** Fondation de Rome en 753 av. J.-C.

6 **a.** Champs lexicaux : le bruit (strident, klaxonner, cacophonie, sirène) ; les constructions/les édifices (building, maison, construire, gratte-ciel) ; les voies (impasse, rue, boulevard, artère).

▶ Maths .... p. 70-71

1 **1.** Sommet ; **2.** Face de dessus ; **3.** Arête ; **4.** Face de dessous.

En résumé, le parallélépipède rectangle possède 8 sommets, 12 arêtes et 6 faces.

2

Dans cette structure, il y a 20 cubes !

3 1. a – 2. a – 3. a – 4. b.

4

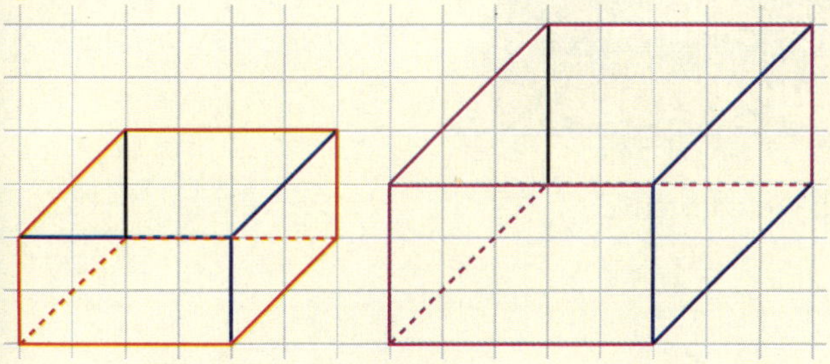

5

On peut dire que la somme des chiffres de deux faces opposées est toujours égale à 7.

► Anglais .... p. 72

1 1. c ; 2. b ; 3. b.

2 emblem, melody, Parliament, official.

3 1. a ; 2. c ; 3. b.

► SVT .... p. 73

1 Aliments issus d'une culture : pomme, courgette, tomate, pomme de terre, pain.

Aliments issus d'un élevage : fromage, beurre, viande.

1. Le beurre est produit à partir du lait de vache.

2. Le fromage est produit à partir du lait de vache, de brebis ou de chèvre, etc.

3. La viande peut avoir une origine animale variée.

2 Haricots verts et ananas : fruit et légumes.

Fromage : produits laitiers.

Saumon et canard : viandes, poissons, œufs.

Beurre : matières grasses.

Pain et riz : féculents, pain, céréales.

3 1. Faux ; 2. Vrai ; 3. Vrai ; 4. Faux.

Histoire, géographie, enseignement moral et civique

n°1 **b.** La révolution néolithique a commencé il y a 10 000 ans dans le Croissant fertile.

n°2 **b.**

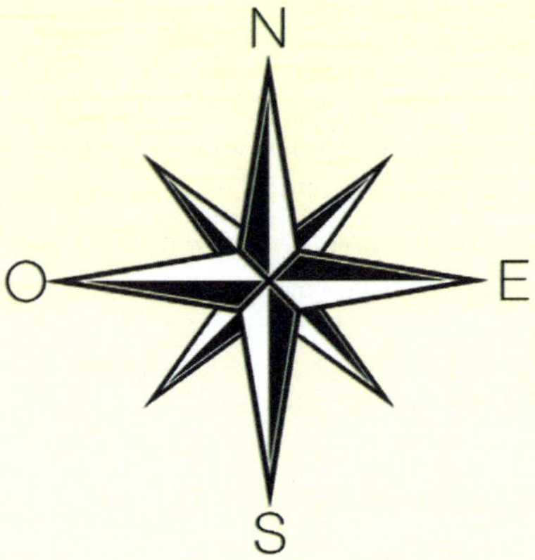

n°3 **b., c.** Le fait d'être victime de bousculades, de brimades, de moqueries, d'agressions, d'être mis à l'écart d'un groupe signifie subir un harcèlement. Être victime de faits similaires sur Internet constitue un cyberharcèlement.
Le harcèlement a des conséquences graves pour la victime et pour ses auteurs puisque c'est un délit sanctionné par la loi.
Il faut oser en parler pour trouver des solutions. Deux numéros verts existent : « Stop harcèlement » au 0808 807 110 et « Net Écoute » au 0800 200 000.

n°4 **1.b., 2.c., 3.a.** Les empereurs Néron, Trajan et Dioclétien persécutent les chrétiens qui refusent le culte à l'empereur. Ceux-ci deviennent des martyrs. Lactance, un auteur chrétien, raconte que Constantin autorise la pratique du christianisme parce que sa foi chrétienne lui a permis de s'emparer du pouvoir en obtenant la victoire sur son rival Maxence. À la fin du IVe siècle, le christianisme devient la religion officielle de l'Empire romain.

! Bon à savoir
Les premiers chrétiens pratiquent leur culte en secret dans les catacombes et utilisent, en signe de ralliement, des symboles gravés sur les murs. Par exemple, le mot « poisson » se dit *ichtus* en grec, et chaque lettre forme l'expression Jésus (I) Christ (Ch) fils de Dieu (TU) sauveur (S). La croix symbolise la mort et la résurrection du Christ.

n°5 **1.b, 2.a, 3.a.** Selon le mythe, Romulus serait le fondateur de Rome et son premier roi. Au Ier siècle av. J.-C., Virgile et Tite-Live, des auteurs latins, se réfèrent au mythe du héros troyen Énée, considéré comme un ancêtre de Rome.

n°6 **a., c.** Comme 90 % des échanges internationaux s'effectuent par voie maritime, les façades industrialo-portuaires se développent. Comme les ports accueillent des navires toujours plus grands, les hommes aménagent des espaces sur la mer, des terre-pleins et des îles artificielles, avec des installations facilitant le chargement et le déchargement des marchandises et la circulation des navires.

n°7 **b.** Auguste, de son vrai nom Octave, est le fils adoptif de Jules César et a toujours refusé d'être divinisé de son vivant. Il inaugure la titulature des empereurs romains « Imperator Caesar Augustus » : Augustus renvoie à une autorité sacrée, Caesar, à l'héritage de Jules César et imperator au triomphe des généraux victorieux et à l'imperium.

n°8 **a., b., c.**

! Bon à savoir
Plus de 85 % des paysages de la planète sont des paysages ruraux et 48 % de la population mondiale y vit. 90 % des ruraux habitent dans les pays en voie de développement.

n°9 **b. et c.** Selon les historiens, la rédaction de la Bible hébraïque s'effectue du VIIe siècle av. J.-C. au début de notre ère. La prise de Jérusalem par les Babyloniens en 587 av. J.-C. et le retour à Jérusalem en 538 av. J.-C. sont attestés par les sources archéologiques. Ne vivant plus à Jérusalem, les Hébreux ont ressenti le besoin de mettre par écrit leurs croyances en un dieu unique : la Torah devient alors la loi qui unit tous les Juifs et la première religion monothéiste du monde. Le déluge s'inspire de mythes mésopotamiens datant du XVIIIe siècle avant notre ère mais à cette période, la Bible n'est pas écrite.

n°10 **a., b., c., d.** La Journée nationale de la Laïcité, fixée par l'État au 9 décembre, existe depuis 2011. C'est en effet le 9 décembre 1905 que la loi de séparation des Églises et de l'État a été votée et que la République française est devenue une république laïque. La laïcité permet le vivre-ensemble, puisqu'elle garantit à chacun la liberté d'exercer son jugement, mais elle implique aussi le respect de ce droit pour les autres.

n°11 **b., c.** La création d'un parc naturel au Yucatán illustre la volonté du Mexique d'agir pour la protection des littoraux.

n°12 **1.c., 2.a., 3.d., 4.b.** L'écriture est une révolution dans la vie des hommes car elle leur permet de noter, pour s'en souvenir, tout ce qui est important pour eux. Elle marque le passage de la préhistoire à l'histoire, car grâce à elle, les historiens et archéologues peuvent connaître les civilisations passées.

n°13 **c.** Les gratte-ciel caractérisent les quartiers d'affaires situés dans les métropoles.

n°14 **1.** ordre dorique, **2.** ordre ionique, **a.** fût, **b.** chapiteau, **c.** architrave, **d.** frise et **e.** fronton.

n°15 **c.** L'agriculture américaine est une agriculture destinée au marché mondial ; tout y est organisé pour produire de la manière la plus efficace possible.

n°16 **c.**

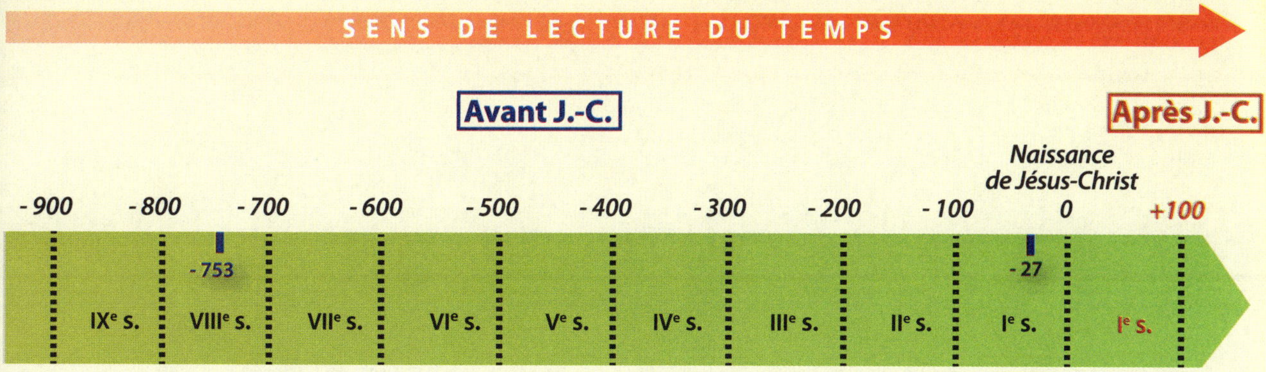

n°17 **2.a.** La dynastie des Hans est fondée en 206 av. J.-C. et dure jusqu'en 220. Son apogée correspond au règne de l'empereur Han Wudi ou Wu (140-87 av. J.-C.). La Chine, grâce à la route de la soie, commerce beaucoup avec l'Inde et l'Empire romain et échange de la soie contre différents produits.

n°18 **1a., 2 b., 3d., 4c.** Un écoquartier est, dans une ville, un quartier aménagé avec des objectifs de développement durable (respect de l'environnement, multiplication des activités et mixité sociale).

n°20 **b., c.** Les littoraux sont des espaces fragiles, menacés par l'urbanisation, la multiplication des activités humaines, la pollution, et le réchauffement climatique, qui entraîne une augmentation du niveau de la mer et, par conséquent, la modification du tracé des côtes. Certains États créent des organismes ou mènent des actions pour protéger les littoraux.

n°21 **b., c.** Le mot démocratie vient du grec *kratos* qui veut dire *pouvoir*, et *demos*, qui signifie *peuple*. C'est une forme de gouvernement où le pouvoir appartient aux citoyens (des hommes libres nés de père et de mère athéniens), mais ceux-ci ne représentent que 15 % des habitants de la cité.

n°22 **b. et c.** L'homme peut s'adapter à un milieu très contraignant s'il trouve les ressources suffisantes pour se nourrir, se vêtir, se loger, se déplacer, ou encore maîtriser l'eau. Le corps, exposé à des contraintes durant plusieurs générations, s'adaptera physiologiquement et, grâce à une bonne connaissance du milieu, l'homme parviendra à réaliser des aménagements permettant de surmonter les obstacles.

! Incroyable mais vrai

Au Ier siècle de notre ère, l'Asie de l'Est (Chine), l'Asie du Sud (Inde) et l'Europe sont déjà des foyers de peuplement.

n°23 **a., b.** Un sanctuaire est un lieu sacré dans lequel un dieu est honoré. Certains sanctuaires sont dits « panhelléniques » car tout le monde grec s'y rend pour faire des offrandes au dieu. On peut aussi citer le sanctuaire d'Apollon à Delphes.

n°24 **a., c.** Les espaces à fortes contraintes ne sont pas densément peuplés, mais ils sont habités car les populations réussissent à s'adapter aux conditions naturelles difficiles. Il arrive même parfois que les populations fassent de leurs contraintes des atouts, en attirant les touristes amateurs de paysages grandioses, ou bien les entreprises, quand leur sous-sol regorge de ressources, comme les matières premières.

n°25 **a., b., c., d.** La Convention a un caractère obligatoire pour l'État qui la ratifie. C'est la raison pour laquelle la loi de 2005 a été votée. Il faut en effet que l'État rende possible à tous le droit à l'éducation.

n°26 **b.** La romanisation est l'adoption du mode de vie et de la langue des Romains par les peuples de l'Empire. Arelate est romanisée puisque l'on y trouve désormais des bâtiments et lieux publics romains. Le culte impérial y est célébré. Cependant, si la Tour Magne et la Maison Carrée sont des vestiges romains, ils sont visibles à Nîmes et non à Arles !

n°27 **b.** La métropole induit la notion de commandement et de domination d'un territoire, contrairement à la mégapole, qui est seulement une ville très peuplée.

n°28 **a., b., c.** La cité grecque est un petit État, composé d'une ville et de sa campagne environnante. Chaque cité possède sa divinité protectrice et frappe sa monnaie.

n°29 **c.** C'est une métropole située dans un pays pauvre, car ses paysages urbains sont contrastés. L'explosion urbaine forte se traduit par un étalement qui prend la forme de bidonvilles se développant dans des zones inconstructibles. Les villes européennes comportent un centre-ville historique témoin de leur passé. Les villes nord-américaines sont marquées par la présence d'un CBD constitué de gratte-ciel et d'une banlieue formée de maisons individuelles. Cette banlieue s'étale et est traversée par des autoroutes facilitant les trajets domicile/travail.

n°30 **1.d., 2.a., 3.b., 4.c.** Dans les thermes, les Romains s'enduisent d'huile parfumée et entrent dans l'eau tiède du *tepidarium*. Ils rejoignent ensuite le *caldarium* pour prendre un bain dans une eau chauffée à 55°. Avec un strigile (racloir), ils se nettoient et enlèvent les peaux mortes de la peau, puis terminent par un bain froid dans le *frigidarium*. L'eau froide permet d'éliminer la sueur et de raffermir la peau.

n°31 **c.** Le règlement intérieur garantit la liberté et assure la sécurité de tous les membres du collège. Respecter le règlement intérieur et l'appliquer, c'est contribuer à la réussite et au bien-être de tous.

Conception graphique : Yannick Le Bourg et Muriel Ouziane
Réalisation : Linéale
Cartographie : Marie-Christine Liennard, Gwendal Fossois, Christel Parolini, Valérie Goncalves.
Crédits photographiques : Intérieur : © Fotolia.com,
sauf page 16 : © Prod DB/Warner Bross. Picture Village Roadshow/DR – page 27 en haut : Peau d'âne, illustré par Miss Clara, © Magnard jeunesse ; en bas : Le Petit Chaperon rouge, illustré par Frédéric Mansot, © Magnard Jeunesse – page 32 à gauche : © Roger-Viollet ; au centre : © Roger-Viollet ; à droite : Reprinted by kind permission of Harper Collins Publishers ltd © 2006 Christie – page 35 : © Prod DB/UTV Motion Pictures /DR/Visual Press Agency – page 40 : D.R. – page 41 (chacal) : iStockphoto.com – page 48 : © FEMA – page 49 : Philippe Guignard – page 51 en haut : Masdar City Centre, LAVA (Laboratory for Visionary Architecture) ; en bas : ALI HAIDER/epa/Corbis – page 56 : © Firefly Books, Ltd. – page 75 : Erich Lessing/akg-images.

www.magnard.fr

Achevé d'imprimer en février 2020
par «La Tipografica Varese Srl» en Italie
N° éditeur : MAGSI20190425
Dépôt légal : mars 2020